ÉTUDES

ENCYCLOPÉDIQUES.

Aux accens de *Zoroastre* un rayon céleste allume le
feu sacré, dont ce pontife rend les Mages dépositaires.

ÉTUDES

ENCYCLOPÉDIQUES,

PAR

UNE SOCIÉTÉ DE SAVANS

ET

DE GENS DE LETTRES,

Mises en ordre et publiées par C. J. JAJOT, C. MICHEL-LOMBART et J. J. REGNAULT-WARIN.

Ouvrage périodique, de 250 à 300 pages par mois, orné de gravures et proposé par souscription.

INTRODUCTION.

A PARIS,

Au Bureau des Études Encyclopédiques, rue du Bacq, n°. 940.

L'AN VI.

INTRODUCTION

AUX

ÉTUDES ENCYCLOPÉDIQUES,

Par J. J. Regnault-Warin.

C'est à l'époque à jamais glorieuse et mémorable d'une paix si long-tems souhaitée et si avidement reçue, qu'une société de citoyens amis des sciences, des lettres et des arts, se propose de les rappeller à la dignité de leur origine, à la sagesse de leurs moyens, aux charmes de leur empire.

Si Zoroastre, dont la doctrine faisait du feu l'ame du monde; si Numa, qui anima ses lois du génie et des opinions de Zoroastre, consacrèrent à la conservation de l'élément igné, des ministres et des autels, n'est-il pas plus essentiel et plus raisonnable, d'en demander aussi pour la flamme céleste de l'instruction?

Ce fut dans tous les tems le desir des hommes sensibles, pour qui la science eut quelques attraits; c'est encore celui des philosophes de notre âge, et quelques-uns ont déjà tenté de le réaliser.

a

Depuis l'instant où la main de la censure cessa de tenir le barreau de la presse, plusieurs entreprises littéraires et périodiques ont été commencées ; un petit nombre a survécu à l'anéantissement de presque toutes ; ce qui prouve en faveur de celles qui existent, sans cependant prouver contre celles qui ont échoué.

Sans avoir peut-être, comme les premières, un droit à cette considération qui garantit du succès, nous essayons de descendre dans cette carrière également honorable et périlleuse, dont nous nous serions constamment écartés, si nous n'avions consulté que nos forces, mais vers laquelle nous ont ramenés le vif desir et quelque espérance d'être utiles.

Nous croyons même que ce serait l'avoir été que d'avoir indiqué la route, l'eussions-nous d'ailleurs marquée par quelques faux pas.

Combattus entre ce besoin d'entreprendre, cet espoir de bien faire, qui, sans remplacer le talent, souvent lui suppléent et quelquefois le font naître, et la crainte, non moins salutaire, de nous égarer, nous avons cru devoir, dès les premières lignes de notre ouvrage, faire confidence à nos lecteurs de ces sentimens opposés, afin que leur foi, éclairée par notre franchise, se déterminât à nous rejetter avec la sévérité qu'exciterait notre faiblesse, ou à nous accueillir avec l'indulgence que pourraient mériter nos efforts. C'est par une suite raisonnable de ces principes, qu'au lieu de placer au frontispice de nos travaux un titre superbe et ambitieux, nous avons préféré la modeste et véridique désignation d'*Etudes Encyclopédiques.* C'est, à ce que nous croyons, celle qui convient le mieux à un ouvrage dont le but spécial est de ramener l'entendement humain à la vérité, par les chemins d'un doute salutaire, par l'imitation de la nature et la connaissance des modèles.

On nous jugerait mal si l'on induisait de ce projet qu'il est dans notre intention de faire la satyre de l'état actuel de la littérature et de la science, par la comparaison de leur prospérité dans les âges écoulés : le laurier des Muses qui verdit et s'élève dans le calme, se dessèche et tombe sous l'effort des bourasques, et ce n'est qu'après le péril, que le philosophe passager sur un vaisseau battu de la tempête, se recueille pour méditer ses observations.

Il s'est d'ailleurs rencontré quelques heureux génies, dont le talent courageux s'est fait re-marquer parmi nos discordes civiles ; dont les harmonieux accens ont adouci les clameurs de nos révolutions , et qui du foyer sacré de la philosophie , dont ils semblaient les derniers gardiens , ont fait jaillir de distance en distance de lumineuses étincelles : imitateurs généreux de ce Stoïcien dont parle Horace , qui eût vu , sans pâlir , l'univers s'écrouler , ou de ce célèbre Pline l'ancien qui , sous la pluie de feu du Vésuve , écrivait tranquillement l'histoire de son éruption.

Mais , répète-t-on souvent , de tels hommes n'ont brillé dans ces derniers tems , que comme de rares éclairs au sein d'une nuit profonde , et nous n'avons si bien connu l'obscurité de celle qui nous environne , que par les lueurs mêmes qu'ils ont jettées. Si , d'un côté , l'esprit humain a étendu le cercle de ses perceptions , n'est-il pas malheureusement prouvé qu'il s'est resserré d'autre part , et que ce que nous avons gagné en pratique philosophique , nous l'avons perdu en théorie littéraire ? Le langage sévère de la raison qui combine avant que d'opérer , effaroucherait-il l'imagination qui enfante en même tems qu'elle conçoit ? ou la sphère de notre entendement serait-elle semblable au globe de la terre , dont une moitié est couverte d'ombre , quand le soleil éclaire l'autre de ses rayons ?

Ce n'est point à ceux qui font profession de quelque philosophie et à la tête d'un ouvrage entrepris pour l'honneur des lettres , qu'il convient d'applaudir à ces doutes et de les partager. L'horizon du savoir , comme celui du monde , est sans doute nébuleux quelquefois , mais de ce que des nuages, même épais, voilent le front radieux du soleil, en conclura-t-on qu'il n'existe plus ? L'œil de l'observateur voit autrement que celui du vulgaire , et tel objet ne présente à celui-ci que la stagnation et l'inertie , qui offre à l'autre la vie et le mouvement.

Ainsi , la chaîne des connaissances humaines , dont le commencement se perd dans les ténèbres des âges que l'histoire n'a pas suffisamment éclaircies, descend réellement depuis et même avant Homère, et se prolonge au milieu de nous ; et si, d'espace en espace, elle semble éprouver des lacunes et des interruptions , prenons-nous-en à la faiblesse de nos organes , qui, parmi les vapeurs des siècles d'ignorance qu'elle traverse , n'ont pu saisir le fil qui unit ses anneaux.

L'espèce d'assoupissement où sont plongées en ce moment quelques parties de la science, pourrait devenir un véritable sommeil, et produirait à-peu-près le même effet, c'est-à-dire, un repos sensible dans l'entendement univer-sel, si l'on ne se hâtait de rétablir et d'accélérer leur primitive action.

Sans entrer ici dans le détail des moyens politiques, qui, entre les mains d'un gouvernement éclairé, pourraient remplir ce double objet, nous avons pensé qu'il ne serait peut-être pas impossible de l'atteindre, en employant les ressources que l'étude et le courage donnent à tous les hommes. Nous avons jugé qu'un ouvrage qui, à l'utilité d'être élémentaire, joindrait l'agrément d'être périodique, aurait le double avantage de rendre à une sage fertilité, les portions de la science devenues stériles, ou, ce qui est plus dangereux, affligées d'une fécondité honteuse, et de les lui rendre progressivement. Et pour empêcher que celles dont la splendeur fait aujourd'hui notre gloire et notre espérance, ne tombent à leur tour dans l'asphixie morale qui a frappé les autres, nos travaux concourront également à soutenir leur force, et, s'il est possible, à l'augmenter.

C'est ainsi qu'en retraçant la théorie qui, depuis Charles Lebrun, éleva l'École française au-dessus de celles de Hollande et d'Italie, et opposant à la pratique fausse et mesquine d'aujourd'hui, des préceptes sains et des exemples sublimes d'autrefois, nous essayerons de ramener les jeunes peintres à la belle imitation des formes et à la vérité des couleurs; tandis que nous prodiguerons le véhicule de l'encouragement au burin vigoureux et pur des successeurs de Nanteuïl et de Drevet. C'est encore ainsi qu'ayant presque toujours à louer dans les progrès de l'art anatomique et de la chymie, nous trouverons souvent à reprendre dans la marche, tantôt chancelante, quelquefois insensée, et souvent rétrograde, de la littérature moderne.

Quelles que soient les causes de ces accroissemens dans quelques branches de nos connaissances, et de cet abâtardissement dans quelques autres, ce n'est point ici le lieu de les rechercher et de les définir. Il suffit d'en bien connaître les effets, et d'employer les moyens, ou de seconder ceux qui sont prospères, ou d'arrêter ceux qui sont nuisibles.

Cet ouvrage s'élève sous les plus favorables auspices. Au bruit tumultueux des armes, succède la sérénité de la paix; le soldat, de retour dans sa chaumière, couronne le soc tranquille du laurier de ses combats; le marchand qui a aidé à fonder la liberté de sa patrie, revient aux comptoirs, source de son opulence ; il va être permis de cultiver les arts qui adoucissent les mœurs, qui nourrissent l'ame et charment l'esprit : voici le réveil de la science, et nous nous félicitons de l'annoncer.

Mais avant de présenter les développemens dont notre plan est susceptible, nous avons cru devoir jetter un coup - d'œil rapide sur les époques célèbres qui ont honoré le génie de l'homme par des découvertes et manifesté sa puissance, ou sur celles, non moins fameuses, qui l'ont avili sous le joug des préjugés, et prouvé sa faiblesse. C'est en retraçant ce que les sciences et les arts ont été, que nous établirons mieux ce qu'ils doivent être, et peut-être aussi ce qu'ils pourront devenir. C'est en comparant leur situation dans les siècles passés, avec celle où ils se trouvent dans l'âge actuel ; c'est en indiquant quels sont ceux qui, depuis leur naissance, n'ont cessé de grandir et de briller, ceux qui ont éprouvé des altérations, et ceux dont il ne nous reste plus que les ruines et le souvenir, que nous serons à même d'évaluer l'esprit humain dans ses parties saines et fortes, dans celles qui semblent énervées, et dans celles qui sont à-peu-près anéanties ; que nous trou-

verons la manière dont, par la suite, il con-
viendra de traiter chacune, en alimentant la
vigueur des unes, en réparant celle des autres,
et, s'il n'est pas téméraire de le tenter, en
recréant les troisièmes ; et que nous déduirons
des présages certains de leurs progrès, dans
les siècles à venir. Ainsi, en rappellant l'érudition et l'amour de l'antiquité oubliée ou
méprisée, nous rattacherons la génération
présente à celle des 15e. et 16e. siècles. Par
l'enthousiasme de la belle littérature, par des
préceptes immuables, par des exemples immortels, nous rallumerons dans le génie de
ceux qui courent cette carrière, le feu divin
qui produisit les chefs-d'œuvres des siècles
d'Alexandre, d'Auguste, des Médicis et de
Louis XIV. A ces études, dont la première
enrichit la mémoire, et dont l'autre embellit
l'imagination, nous en joindrons une troisième
non moins attrayante et sans doute plus utile ;
nous voulons dire l'étude de la philosophie,
qui dégage l'ame des terrestres liens, pour l'é-
lancer dans le sein même de la divinité ; à cet
égard nous n'avons rien à envier à Rome ou à
la Grèce ; le grand Aristote ne le dispute plus
au grand Newton, et Rousseau nous a rendu
Socrate.

Que l'entendement de l'homme prenne donc un essor plus hardi, un vol plus rapide! que toutes ses facultés s'unissent et s'activent à la fois.! Vénérables érudits, fouillez encore les entrailles de l'antiquité, et découvrez-y de riches veines d'instruction; savans illustres, interrogez la nature et révélez-nous ses oracles; littérateurs aimables, artistes laborieux, parfumez de fleurs, semez de fruits, les poétiques champs de l'imagination. Vous, philosophes, conduisez par la sagesse, les hommes au bonheur; que la lumière jaillisse de tous côtés, et que le siècle futur se place au faîte des siècles disparus!

Puisque la première des lois que la nature a écrite dans nos cœurs, est le besoin de notre conservation, il en résulte que les premières découvertes furent dues à cet instinct: de-là les arts nécessaires. Une autre loi, non moins impérieuse et positive, et qui n'est que la conséquence de la première, prescrit à l'homme de tout faire pour éviter la peine et pour se procurer le plaisir : de-là les arts agréables. Si, dans la suite, les recherches s'étant multipliées et les découvertes augmen-

tées, on en a fait une troisième famille, qu'on
a nommée des arts mixtes ou commodés,
c'est-à-dire, participant de l'utilité indispensable des uns, et de l'utilité relative des autres, c'est que les besoins humains se sont
agrandis, et que ce que d'abord on avait fait
pour garantir l'existence seulement, on l'a
employé pour ajouter au prix de l'existence
par le contentement des passions. Mais il n'y
a, en effet, que deux classes d'inventions';
celles qui ont pour objet les besoins de la conservation de l'homme, et celles qui ont pour
objet les besoins de son plaisir. Des unes sont
sortis les arts que nous nommerons *mécaniques*, en prenant ce terme dans toute la
latitude de son acception étymologique, c'est-
à-dire, qui emploient la nature comme elle
est, pour le service et l'usage, tels que l'a-
griculture, la médecine, la phisique, la géométrie, la science des nombres, les lois de
l'équilibre, la mécanique, l'astronomie : les
secondes ont produit les arts que l'on peut
appeller *intellectuels*, parce que, ou ils emploient la nature en la polissant, ou ils ne
font que l'imiter. De ce nombre sont l'on-
thologie, la logique, l'éloquence, l'histoire,
la chronologie, la géographie, la politique,

qui ont retenu le nom de *sciences*, parce qu'en général elles sont plus spéculatives que pratiques ; et la sculpture, l'architecture, la poésie, la musique, la peinture et la danse qu'on a exclusivement appellées *arts*, parce que c'est par la pratique seule, qu'elles reçoivent la vie ; et *beaux-arts*, parce que destinées à l'agrément autant qu'à l'utilité de l'homme, elles contrefont la nature en l'embellissant.

Cet ordre que nous établissons dans la filiation des découvertes humaines, et dans la génération de nos idées, paraîtra peut-être différer, en quelques points, de celui auquel les ont soumises des métaphisiciens que nous regardons comme nos maîtres. Nous n'avons pas eu le dessein de contrarier leur méthode, encore moins de la censurer ; mais nous avons pensé qu'il n'était pas défendu d'ouvrir dans la science de nouveaux points de vue, de présenter, non précisément un nouveau systême, mais un esprit systématique moins compliqué, plus d'accord avec l'objet de notre travail, et qui, restreint à la plus grande simplicité de principes, augmentât la fécondité des résultats. Ainsi l'artiste industrieux amène et réunit dans un seul canal les filets vagabonds de plusieurs irrigations divergentes.

Le cours de l'esprit humain paraît avoir suivi les progressions dont nous venons d'exquisser la carte. Les bornes de ce discours ne nous permettent pas de rendre compte des développemens auxquels elles ont été soumises ; cependant une notice sur leur timide enfance, nous a semblé indispensable, pour arriver, par un sentier moins perdu, au siècle d'Homère.

Il est vraisemblable que les premières peuplades, réunies par le besoin mutuel et par le plaisir d'être ensemble, se sont d'abord occupées de travaux qui pouvaient assurer et garantir leur existence. Le sol vierge produisait sans culture, et les végétaux, chargés de fleurs et de fruits, offraient à la fois des asyles protecteurs, une nourriture saine, un aspect riant et d'agréables parfums. Mais la présence d'une peuplade nouvelle ou voisine avait peut-être excité dans les premières un sentiment de rivalité ; peut-être aussi les animaux disputaient-ils à l'homme les productions de la nature : de-là la fabrication des armes, une certaine régularité dans la récolte des fruits, une sorte d'ordre dans leur conservation. L'infertilité de l'hiver qui succède à la prodigalité de l'automne, donna sans doute l'idée de la chasse, et une forêt dépeuplée inspira celle de la pêche. L'attachement à la peuplade alluma la haine pour ses ennemis, qui, trouvant dans la haine de ceux-ci un point de résistance, enfanta la guerre : de-là la soif du sang, l'amour de la domination, l'appétit de nouvelles jouissances.

Aux accens inarticulés succéda un idiôme bien barbare encore, mais déjà intelligible. Le désir des voluptés asservit les mouvemens du corps, les sons de l'organe, les gestes des mains à une espèce de méthode ; et la danse, la musique vocale, la pantomime, le dessin commencèrent, en tâtonnant, leurs informes essais.

Bientôt quelques hommes d'un génie transcendant, servis par le hasard ou soutenus par leur calcul, observèrent le cours régulier du soleil, la marche sensible des corps célestes, et les révolutions apparentes de la lune. Ces notions fugitives d'une astronomie naissante furent accompagnées de quelques découvertes botaniques, qui donnèrent naissance à une classe d'hommes supérieurs et gouvernans. Premiers pas de la politique proprement dite ; première domination des savans sous le nom de *sages*, de *grands* ou de *prétres*.

L'intérêt personnel, qui échauffe les imaginations les plus lentes , fit aisément comprendre aux hommes, qu'il valait mieux exiger des services des prisonniers de guerre et en tirer des animaux, que de les immoler. On fit les uns esclaves ; on réunit les autres en troupeaux. L'emploi des laines tissues parut meilleur que celui des peaux, et l'art des vêtemens fut, dès son origine, porté à une certaine perfection.

La population s'augmentait, le nombre des hommes instruits se multipliait en proportion ; la science sociale eut des règles fixes fondées sur l'amour de la propriété, le droit d'hérédité, conséquence naturelle de la naissance. Le loisir et la paix que goûtaient ces hommes pasteurs, leur permit de faire de nouvelles observations astronomiques ; les soins de l'agriculture, plus compliqués, se partagèrent entre plusieurs classes d'hommes, et la science des échanges fut divisée en plusieurs opérations distinctes.

La lumière s'échappait de tous côtés et sillonnait de traces brillantes l'entendement encore obscur de l'univers ; le nombre de ses habitans devenait immense; les peuplades, fondues dans les peuplades, formaient des cités ; l'art social reculait ses limites, et déjà celui des relations de peuples à peuples posait les siennes.

Il y a tout lieu de croire qu'alors l'éducation était bornée aux exercices du corps. Devancer à la course la vîtesse du vent, dompter par la force un coursier fougueux, briser l'impétuosité des torrens, devaient être en effet le premier mérite pour des hommes qui avaient à défendre leur liberté ou à renverser la tyrannie.

A mesure que la surface du globe s'agrandissait par des voyages, celle de l'entendement se polissait par les découvertes. Les idées enfantaient les idées ; on ajoutait les observations aux observations, et l'art du raisonnement apprenait à déduire les conséquences des principes. Toutes les facultés intellectuelles s'avançaient, comme de concert, au perfectionnement.

Déjà des blocs de pierre et de marbre, arrachés des entrailles de la terre, avaient été façonnés et polis en dalles, et élevés dans une réunion géométrique, en compartimens réguliers ; les arbres des forêts, équarris en

solives,

solives, sciés en planches ou creusés en gondoles, formaient des charpentes solides, des cloisons légères et une sorte de vaisseau. On ne se contentait plus de couvrir ses membres de tissus sans couleur, le suc des végetaux était employé à teindre les étoffes des plus riches nuances : l'argile, pétri par des mains industrieuses, prenait des formes agréables et commodes ; la foudre tombée sur les forêts du mont Ida, apprenait le secret de la fusion des métaux qui, soumis au choc du marteau, ou aux morsures de la lime, se métamorphosaient bientôt après en lames tranchantes, en vases précieux, en somptueuses cizelures.

Les hautes sciences accompagnaient et quelquefois dévançaient la pratique des arts : sans d'autre secours que celui d'une exquise intelligence, d'excellens observateurs dressaient les premières théories astronomiques ; des génies, prodigieux pour le tems, réduisaient en échelle arithmétique, la foule des nombres dont le calcul usuel était embarrassé ; on avait même recúeilli quelques-unes des lois qui dirigent la nature dans sa marche, dans ses phénomènes, dans ses écarts.

Cependant l'histoire naturelle n'avait fait

encore que des pas incertains ; l'art médical, que ne guidait pas l'anatomie des corps humains, était borné à la guérison des blessures ; la géométrie se réduisait à l'arpentage, et les lois de l'équilibre et du mouvement n'étaient pas soupçonnées.

La langue primitive s'altéra; les dialectes divers, fruits de l'habitude, du climat, des inventions, des découvertes, séparèrent les hommes en nations, comme le savoir avait séparé les nations en gouvernans et en gouvernés.

La première écriture, qui n'était qu'une peinture des objets qu'on voulait exprimer, fut remplacée par des signes hiéroglyfiques, dont le sens métaphorique n'était compris que des savans, et qui pour la multitude ne présentaient qu'un sens propre, exclusif et technique. Ces allégories écrites, passant dans le langage, servirent d'élémens aux cultes multipliés et bizarres, à une métaphysique absurde, à l'hypocrite tyrannie des prêtres, à une doctrine artificielle, à la crédulité populaire, à l'esclavage moral des nations. La philosophie, encore au maillot, si l'on ose le dire, ne pouvait élever contre les préjugés, ses fiers et terribles accens, et avant que de se nourrir de vérités , l'homme devait pâturer l'erreur.

Il résulte de l'ébauche dont nous venons d'indiquer les principaux linéamens, que les plus célèbres des hommes, dans ces tems reculés, furent ceux qui d'abord pasteurs, et laboureurs ensuite, réunirent aux notions de l'astronomie, celles de la médecine-pratique. Ce fut par la culture de ces hautes sciences , que se formèrent, en Egypte, les écoles des prêtres philosophes, en Perse les colléges des Mages, dans l'Inde l'ordre des Gymnosophistes, celui des Chaldéens dans la Syrie, et les congrégations diverses des prêtres de la Scythie et du Nord.

Ici doit se placer à-peu près le siècle de Moïse, si renommé parmi les Hébreux, dont il fut le législateur, et plus de cinq cents ans après le tems où vécut Homère. A en juger par les lois qui nous restent du premier et par les spectacles de physique expérimentale dont on a présenté les résultats sous le nom de miracles, le fils d'Amran fut non moins politique profond que physicien habile. Si la Génèse raconte que les Israëlites poursuivis par les Egyptiens, traversèrent à pied sec la Mer rouge, dont les eaux divisées s'étaient élevées à leurs côtés, comme des murailles, la raison nous invite à croire qu'ils dûrent ce passage à une sorte de pontons ou de bateaux plats, dont étaient privés leurs ennemis, ou peut-être à une marée favorable, que Moïse avait calculée et dont il avait saisi l'occasion.

Les jardins de Bélus et de Sémiramis, le temple de Jérusalem attestent l'union de la géométrie et de la mécanique avec l'architecture ; Memnon, si fameux par la statue qui porte son nom et qui retentissait d'un son harmonieux, quand les rayons du soleil frappaient sa bouche, Memnon avait substitué aux hiéroglyphes, les nouveaux caractères d'une écriture alphabétique ; les prêtres Babyloniens avaient dressé une sorte de calendrier. Les Argonautes étendaient aux fluides l'action de la mécanique par la navigation ; Tyr réduisait en art et assujétissait à des lois le commerce et les échanges ; Dédale avait construit le labyrinthe, et il est croyable que c'est par un moyen à-peu-près pareil à celui de nos aërostats, que cet artiste habile s'était dérobé à la tyrannie de Minos.

Les écrits de Moïse que l'admiration ou l'envie portait jusqu'aux extrémités du monde, les poésies d'Homère qui se chantaient par-tout , contribuèrent à créer des législations fondées sur les principes de l'économie sociale. A Sparte Lycurgue , Numa Pompilius à Rome , tracèrent ces codes immortels dont le souvenir imprime encore le respect ; cinq siècles avant l'ère chrétienne , Confucius éleva dans la Chine sur d'inébranlables fondemens , l'édifice de ses lois debout encore aujourd'hui : Solon fit succéder aux constitutions sangui-naires de Dracon , des édits pleins de sagesse et de douceur , tandis que les savans et cruels Druïdes gouvernaient avec le guy sacré les ignorans Gaulois parmi lesquels l'Iliade n'a-vait pas pénétré.

Cependant les notions astronomiques que les Grecs tenaient de Prométhée qu'une juste allégorie accusa d'avoir ravi le feu du ciel , et d'Atlas qui , en observant les phases de la lune , découvrit le principe de sa lumière ; s'étendirent par les secours du calcul perfec-tionné depuis par Pythagore ; Thalès , l'un des sept sages , soumit les éclipses à une supputation exacte , et divisa l'année en 365 portions égales de révolution solaire ; Ana-ximandre découvrit la route oblique du zodiaque , et inventa les cadrans.

La philosophie , chez les premiers Grecs ,

consistait plutôt dans la pratique de ce qu'ils croyaient la vertu, que dans un sytême raisonné de ce qui pouvait l'être. Leur physique tirait toutes ses idées des sensations ; une substance unique, éternelle, infinie, sans création ni anéantissement, était à la fois Dieu, l'univers, le monde et l'homme. Thalès ramassa ces connaissances éparses et hazardées, et réunit aux théories religieuses de l'Orient, les usages de son pays. Nous avons vu qu'il avait deviné les précessions astronomiques ; des cieux où planait son génie, il descendit sur la terre, y appliqua la géométrie à interroger la nature, qu'il anima par l'eau. Son école étendit ce principe de vie à tous les élémens, et de l'univers entier composa la divinité.

Pythagore fit succéder à ces tentatives de l'esprit humain essayant ses forces par des élans et prouvant sa faiblesse par des faux-pas, un systême harmonieux et méthodique de saine philosophie. Semblable à Dieu, ce grand homme crée l'univers, place dans son centre le soleil immobile, suspend et fait rouler dans des sphères respectives, la terre et les planètes. Il institue une école, écrit des préceptes et érige en véritable science l'étude de la vérité ; ses disciples étendent l'usage du calcul numérique, dont la métaphysique a tant abusé pour étayer ses rêveries ; ils découvrent les bases fondamentales de l'harmonie, et expliquent par la métempsicose la doctrine de l'immortalité de l'ame.

N'oublions pas que, depuis plus de trois siècles, un roi de Macédoine avait introduit l'usage des poids et des mesures. Socrate, disciple d'Anaxagore, qui le premier osa entrevoir l'existence et le pouvoir d'une intelligence unique, fut pour la morale, ce qu'avait été Pythagore pour la physique. Il développa le germe des idées enfoui depuis des siècles, créa une méthode logique et montra Dieu comme le centre de la vérité. On sait qu'après en avoir été l'apôtre il en devint le martyr. Ses disciples entremêlaient d'études géométriques et physiques les leçons sublimes de sa morale, et il paraît que c'est à cette époque qu'il faut rapporter l'usage des verres ardens, et des cartes géographiques.

Platon, le plus célèbre des disciples de Socrate, fut le fondateur de la secte académicienne, et comme il prétendit expliquer par les idées, ce que Pythagore avait interprété par les nombres, il créa en quelque sorte, un nouveau système qui eut pour élé-ment le doute, et que Pyrrhon fortifia.

La philosophie spéculative n'exerçait pas seule son empire ; l'une des branches de la morale, la politique portait dans les diverses contrées de la Grèce, des fruits de bonheur et de liberté. Les Amphictions et les Achéens, séparés dans leurs administrations munici-pales, étaient réunis par une ligue fédérative ; l'austérité faisait des héros à Lacédémone ; la politesse à Athènes rendait les hommes aimables.

Philippe venait de donner l'existence à celui qui devait l'ôter à une partie du monde : la nature, dans le même tems, créa celui qui de-vait conquérir les vastes régions de la phi-losophie.

Aristote employa à peine cinquante ans pour élever un trône d'où il devait commander durant dix-neuf siècles. Son génie universel embrassa à la fois toutes les parties de la science, et quoiqu'il ait consacré de grandes erreurs, soit dans la physique et l'astro-nomie, soit dans la métaphysique et même la littérature, personne mieux que lui cepen-dant, ne mérita le titre de prince des philo-sophes. Au surplus, c'est à l'école des Péripatéticiens, dont Aristote fut le fondateur, qu'on érigea en principe de fait, cet axiôme, que nos idées viennent de nos sens.

La géométrie dût à Apollonius la théorie des sections coniques et la découverte de quelques courbes; à Archimède la quadrature de la parabole, la mesure de la sphère, et les commencemens du calcul de l'infini, soumis depuis à de plus exacts procédés, par Grégoire-de-St.-Vincent, employé par Wallis, perfectionné par Newton et classé par Fontenelle.

C'est encore Archimède qui enrichit la mécanique de l'usage du levier et de la théorie de la spirale, l'optique de la découverte des miroirs ardens, et la science de l'équilibre des premières notions de l'hydrostatique. On trouve, dans les ouvrages de l'école d'Alexandrie, les premières notions algébriques, et la preuve des progrès de l'hydraulique et de l'optique. Vers ces tems vivaient aussi Démocrite, dont la physique regardait l'univers comme le résultat de la combinaison et du mouvement des atômes élémentaires et de nature similaire, et dont la morale versait sur les vices de l'humanité un ridicule amer; Héraclite, qui faisait consister la sienne à les gourmander avec chagrin ; Parménide, qui donnait le feu pour l'élément primitif du monde ; Hyppocrate, dont la médecine trop circonspecte se borna à des observations ; Aristippe, l'un des disciples de Socrate, lequel tenta d'allier à la morale céleste de son maître, les maximes voluptueuses d'Epicure ; enfin Zénon, chef de la secte stoïque, dont la doctrine sévère ne voyait de bien véritable que dans la vertu, et de mal réel que dans le vice.

Sages de l'académie, philosophes du Lycée et du Portique, lorsqu'on prononce vos noms fameux qui rappèlent les ennemis du polythéisme, les restaurateurs des mœurs, les enthousiastes de l'ordre et du juste, l'ame éprouve je ne sais quel sentiment d'élévation sainte et d'attendrissante piété : on est sur le point de s'écrier à chacun d'eux , ce qu'Erasme était tenté de dire après celui du sage des sages : *O Socrate ! priez pour nous.*

Il est aujourd'hui superflu de dire que sous le rapport des talens, des connaissances, des découvertes, les philosophes modernes l'emportent de beaucoup sur ceux de l'antiquité, et qu'il y a loin du mouvement circulaire des cieux de cristal aux lois de la gravitation.

Nous ne mettons pas au rang des véritables philosophes, ceux qui n'ont dû leur renommée, qu'aux erreurs ou à l'immoralité. Tels sont Architas qui, à la vérité, rendit un grand service à la mécanique en imaginant la poulie, mais qui enhardit l'impiété en attribuant les harmonies de l'univers aux rencontres du hazard ; le sophiste Protagoras, qui pour vouloir rendre raison de tout, finit par professer l'athéisme ; Leucippe, dans les atômes duquel Descartes semble avoir trouvé les tourbillons ; Empédocles, aussi fameux par son système des transmigrations que par le genre de sa mort ; Antisthènes et Diogènes son disciple, dont le cynisme effronté fit rougir la pudeur et murmurer le bon sens. A côté de ces faux sages, nous placerions Epicure, si les opinions encore partagées sur son système de repos et de voluptés, ne nous rendaient incertains si son école est digne de vénération ou de mépris.

Pendant que la philosophie, par la théorie des découvertes ou par la précision du raisonnement, élevait l'homme à la connaissance de la divinité, et le rapprochait de son essence par l'enseignement et la pratique de la vertu, des génies privilégiés et sublimes créaient un monde nouveau qu'ils enrichissaient des prestiges brillans de leur imagination. A l'exemple d'Hésiode et d'Homère, fondateurs du Parnasse, Thespis essayait sur un char d'imiter les événemens de la vie ; Stésicore, Pindare et Tyrtée célébraient les combats sur la lyre ; Anacréon et Sapho la faisaient raisonner des accens de l'amour ; Eschyle par l'emploi de la terreur, Sophocle et Euripide par celui d'une tendre pitié, posaient les bornes de la tragédie ; Aristophanes châtiait le vice ou corrigeait le ridicule, par le sel mordicant de ses comédies ; Ménandre, moins caustique et plus poli dans les siennes, ramenait aux bonnes mœurs, par la persuasion. Environ deux siècles auparavant, Ésope avait enveloppé du voile ingénieux de l'allégorie, les plus beaux préceptes de la morale, et cet esclave, qui sut trouver la liberté de l'ame au milieu de ses fers, mérite une double mention, comme poëte agréable et comme philosophe éclairé.

Les autres branches de la littérature ne furent pas moins florissantes dans la Grèce, pendant le siècle à jamais renommé d'Alexandre-le-grand. Si Aristote, son précepteur, était le flambeau de la physique, de la

dialectique et de l'économie, Démosthènes,
le plus redoutable ennemi de Philippe, faisait gronder sur la Macédoine, les foudres
de sa rare éloquence ; deux cents ans auparavant, Isocrates avait formé une école de
réthorique ; Aristarque s'était rendu redoutable par la sévérité de ses censures littéraires;
Thucydide et Hérodote, surnommé *le père de
l'histoire*, avaient écrit, le premier la guerre
du Péloponèse, et l'autre celle de l'Asie ; c'est
à ce siècle qu'appartient encore l'astronome
Méton, qui calcula le cercle que parcourt la
lune en dix-neuf ans, et qu'on appelle
le nombre d'or; enfin ce fut dans cette période que Zeuxis et son successeur Appelles
portèrent au plus haut dégré de perfectionnement l'emploi des couleurs, fort peu avancé
depuis l'ébauche de Dibutade, et que le marbre
respira sous le ciseau créateur de Praxitèles
et de Phidias.

Si l'objet de cette introduction à un ouvrage philosophique et littéraire était moins
circonscrit, nous ne manquerions pas de parler
des progrès rapides que fit, sous de grands
capitaines, l'art terrible de la guerre ; nous
citerions les principales révolutions qui chan-
gèrent plusieurs fois la forme des gouverne-

mens de l'Égypte, de la Grèce, de Rome et d'une partie de l'Asie. Mais quoique l'art des fortifications et de la tactique soit un démembrement de la géométrie, et que sous ce rapport, il entre dans notre plan de suivre leur histoire, le respect que nous professons pour la morale qui les réprouve, nous défend de nous y trop arrêter. Les noms d'Achille, de Cyrus, de Xerxès, de Thémistocles, de Miltiade, d'Alexandre ont rempli le monde entier du bruit de leur renom ; ceux d'Illion, des Thermopyles, de Salamine, de Marathon, d'Arbelle réveillent de nobles idées de valeur mais du milieu de ces siècles éteints, les ombres sanglantes de ces conquérans se lèvent encore pour prophétiser le carnage et la mort dans les siècles futurs : loin de nous la pensée d'encourager leurs imitateurs ! Il est tems que l'homme de bien qui fait connaître ses semblables un graminée nourrissant, ou qui leur dicte de sages lois, éclipse le guerrier qui endurcit leurs mœurs ; et si, dans la route que nous avons à parcourir, nous sommes forcés de nommer celui-ci, s'il ne fut que redoutable dans le combat, sans savoir être humain après la victoire, nous dirons sur lui *anathème !* Mais nous offrons à

la bienfaisance universelle, le nom des laboureurs bienfaisans, des législateurs moralistes,
des poëtes chéris du ciel, qui ont paré la vertu
de tous les charmes du talent.

C'est par suite de ces principes que nous
citons avec complaisance, comme ayant ap-
partenu au siècle qui précéda celui d'Alexandre, Xénophon aussi célèbre par l'élégance
de ses écrits, que recommandable par la mo-
dération de ses mœurs, et qui, de la même
main qui guida la retraite des dix mille, en
écrivit la mémorable histoire ; Cimon, père
de Miltiade, aussi habile négociateur, que
grand général ; Périclès, qui commandait l'armée avec patriotisme et gouvernait Athènes
avec probité ; Alcibiade, dont le vaste génie,
également propre à faire et à défaire les em-
pires, par les révolutions, les conquêtes et
les lois, embrassait à la fois la contemplation
de la philosophie, et la vie active des combats ; les vertus modestes du citoyen et les
qualités brillantes de chef de parti, la puissance d'anéantir les ennemis de la Grèce,
et l'art plus difficile d'être toujours admiré,
et quelquefois chéri de ses rivaux ; Epami-
nondas enfin, qui osa violer la loi pour sauver
sa patrie.

Ici se termine cette première révolution littéraire, qui, quoiqu'elle remonte plus loin
qu'Homère et cite Lycurgue, qui vivait l'an
3200 du monde, ne date, chronologiquement
parlant, que de la fondation de Rome, arrivée
un siècle après. Cette période qui a produit de
grands hommes dans les principales parties de
la science, a sur-tout brillé par ses incompa-
rables génies dans les belles-lettres et dans les
beaux arts. C'est que, pour y réussir, il ne faut
qu'être doué d'une imagination ardente et
d'une exquise sensibilité, ce que possédaient
parfaitement ces Grecs vantés et dignes de
l'être, qui, en imitant la nature, si belle sous
l'azur enchanteur de l'Attique, surent encore
l'embellir : au lieu que pour aggrandir la
sphère des connaissances philosophiques, il
faut, en quelque sorte, des types, des exemples, des guides et des modèles; parce que
dans le labyrinthe que forment les routes,
sans cesse croisées, des sciences réelles, il est
besoin d'abord de trouver le fil conducteur
qui échappe souvent par sa ténuité, et qui
n'amène enfin au centre de la vérité, qu'après
de longues courses et presque toujours de longues erreurs. Ainsi, Archimède, qui vint après
le siècle de Démosthènes, en était-il encore

aux

aux premières notions de la catoptrique, que déjà Phidias avait écrit sur le front de son Jupiter, la terreur et la majesté, et que Polydore avait modelé la beauté idéale et divine dans l'Apollon du Vatican.

L'espace qui s'écoula depuis Alexandre jusqu'à Auguste, fut presque toujours couvert de ténèbres ou rempli par les passions politiques de Rome et de Carthage. La domination de la première venait de subjuguer la Grèce, dont le territoire, épuisé de génies, cessa d'en produire. L'Italie n'hérita que long-tems après de l'éloquence des vaincus, et négligea les sciences mathématiques. Le nom d'Archimède, si fameux par la défense de Syracuse, et qui, comme nous l'avons déjà dit, inventa la vis, le levier, et trouva le moyen d'augmenter l'action inflammatoire des rayons du soleil, en les rassemblant dans un verre concave; le nom de Théocrite qui modula sur sa musette de champêtres accords; celui de Chrisippe, célèbre dialecticien, et quelques autres moins connus, ont seuls surnagé à l'oubli dans ces tems de stérilité. Ennius à Rome, Pacuvius et Accius laissèrent aussi quelques traces lumineuses, parmi cette obscurité profonde; mais Térence, imitateur des Grecs, et qui écrivit ses comédies avec un style pur et plein de naïveté, et Plaute qui répandit dans les siennes le plus facile enjouement, méritent d'être regardés comme les précurseurs du beau siècle d'Auguste.

Comme ce n'est ni l'histoire chronologique, ni l'histoire universelle des sciences que nous écrivons, mais une courte analyse des progrès de l'entendement humain, nous ne présenterons pas à nos lecteurs les détails de la position dans laquelle il se trouvait à cette époque dans d'autres parties du monde que la Grèce et l'Italie ; nous rappellons seulement que la plûpart des arts et métiers, venus des prêtres d'Egypte, et beaucoup de découvertes rapportées de la Perse, de la Chine et des bords du Gange, par les voyageurs et les conquérans, prouvent que le même germe qui se développa dans la Grèce, sous la forme d'une plante couronnée de fleurs, avait produit dans les climats orientaux, un arbre chargé de fleurs et de fruits.

Après un repos de près de quatre-vingts ans, le génie qui avait quitté la Grèce, apparaît, comme un brillant météore, sous le ciel du Latium. Nous avons vu que son aurore avait commencé à poindre avec Térence ; les déchiremens civils semblent prêter une nouvelle vigueur à ses progrès. Tandis que Marius et Sylla épouvantent le monde de leurs proscriptions, Lucrèce chante en vers harmonieux la philosophie d'Épicure, et la flûte délicate de Catulle semble accompagner les hurlemens des bourreaux et le râle des victimes.

L'univers déchiré par lambeaux et palpitant d'effroi après la bataille de Pharsale, commence à respirer après celle d'Actium. Auguste hérite du triumvirat et donne la paix au monde. Les arts renaissent, les sciences se raniment, le flambeau du talent brille d'une lumière plus pure.

Alors Démosthènes revit dans le génie de Cicéron, qui oppose aux Philippiques, ses Catilinaires sublimes, modèles à-la-fois d'éloquence entraînante et preuve d'un civique dévouement. Les mémoires anecdotiques que César avait crayonnés, Tite-Live, armé d'un burin aussi nerveux qu'élégant, les grave pour l'immortalité. Salluste, Denis d'Halicarnasse, Diodore de Sicile, Cornélius-Nepos, courent avec succès, quoique d'une façon diverse, et dans des idiômes différens, la carrière de l'histoire. Virgile, par un poëme aussi sagement conduit que purement écrit, élève la gloire de

l'Italie au niveau de la gloire des Grecs. Phè-
dre, par ses charmantes affabulations, se place
près d'Esope.

Horace devient l'égal de Pindare par sa
sublimité, d'Anacréon par ses graces. Ovide se
montre le créateur d'un nouveau genre de
poésie, et son meilleur modèle. Cicéron, qui,
comme le prince de l'éloquence latine, ouvre
le catalogue immortel des grands hommes de
ce siècle, le ferme en qualité de jurisconsulte
profond, de dialecticien épuré, de législateur
moraliste.

Cette seconde période philosophique est à
peu-près marquée des mêmes caractères que la
première ; même hardiesse dans les productions de l'imagination, même fécondité dans
les fruits de la mémoire ; mais plus de timidité,
plus de lenteur dans les calculs de la saine
physique. L'étude de la jurisprudence absorbe
les meilleurs esprits ; une superstitieuse déférence pour les morts retarde les progrès de
l'anatomie. Celse cependant ose être, dans ses
écrits sur l'art médical , l'émule d'Hyppocrate. Mais Cicéron et tous les hommes éclai-
rés qui rejettaient la pluralité des dieux, adop-
tent les erreurs de l'aristotélisme. César, pour
réformer le calendrier de Numa, appelle un

mathématicien d'Egypte ; la multitude à ge-
noux devant trente mille fantastiques divinités ,
n'ose penser , et la raison est encore pour
l'Italie une plante exotique.

Le siècle qui succéda à celui d'Auguste
produisit encore quelques hommes d'un grand
talent. Senèque, dont les œuvres philosophiques renferment ce levain d'indépendance qui
s'est développé avec tant d'énergie dans les
modernes ; Lucain, son neveu, qui écrivit, en
vers remplis de mâles beautés , la guerre de
César et de Pompée ; Epictète, qui donna au
monde le spectacle d'un courage que l'esclavage et les revers ne peuvent altérer ; Quinti-
lien , le plus célèbre des rhéteurs ; Juvénal, le
plus âcre des satyriques ; Vitruve , dont le
traité d'architecture a produit le bel ouvrage
de Palladio ; Quinte-Curce, le digne historien
des exploits d'Alexandre ; Pline, le savant et
infatigable Pline , l'interprète de la nature ,
et le père de son histoire ; le profond Tacite ,
ce peintre du cœur humain , dont le sombre
et véridique pinceau condamna à l'immortalité les forfaits tout-puissans.

Les religions de la Grèce et de Rome , soumises dès long-tems à l'examen d'une sage
philosophie, perdaient insensiblement leur cré-

dit ; les gens instruits s'en moquaient comme d'une chimère ; les gouvernemens les employaient encore quelquefois comme des chaînes politiques, et la multitude commençait à se demander si la véritable religion est celle que par des édits on ordonne de pratiquer ?

Cet esprit de doute et de fluctuation fait naître de toutes parts des discussions polémiques. On ose mettre en question ce que naguères il fallait regarder comme un fait ; ce n'est plus Neptune en courroux, qui de son trident soulève les flots ; ce n'est plus Jupiter qui envoie son tonnerre sur l'aile des vents ; c'est la surface de la mer, pressée dans ses limites par le poids de l'atmosphère, et qui s'élance pour les franchir ; ce sont les vapeurs sulphureuses dont se gonflent les nuages, et qui, dans leur détonation, éclatent en grondant et jaillissent en flèches enflammées.

Une foule de sectes se forment, toutes écrivent l'une contre l'autre, toutes s'entre-déchirent. Un homme paraît, portant un nouvel étendart ; l'orgueil des opinions s'abaisse, il réunit les plus opposées, et le christianisme se compose de débris.

L'influence de la doctrine de Jésus fut universelle. En rendant aux mœurs plus de dou-

ceur, elle imprima à la science une marche
rétrograde. Un culte qui avait pour dogme ca-
pital, une aveugle crédulité, proscrivit bientôt
ce sentiment de doute, qui, sans être la vérité,
est au moins le chemin le plus sûr pour y
conduire. La nouvelle doctrine sappe les fon-
dations de l'empire de Rome, et le cadavre
gigantesque de ce colosse, dont les membres
couvrent encore le monde, sert de piédestal à
la grandeur des chrétiens.

Bientôt l'Occident est couvert de ténèbres,
l'entendement universel s'arrête immobile, l'i-
gnorance plane sur le monde, la décadence
s'opère, et l'animal raisonnable cesse de vivre
pour végéter.

La langue latine se couvre d'une rouille
barbare, pendant que l'idiôme de Démosthènes
conserve son éclat. L'étude des beaux arts,
les connaissances philosophiques demeurent
comme ensevelies. Chrysostome consacre sa
rare éloquence, Jérôme et Augustin leur dialectique, au triomphe des dogmes nouveaux.
Plutarque seul et Lucien tirent un peu la
morale de l'engourdissement, où elle retombe
après eux.

Un tribunal affreux, dont le nom seul semble ensanglanter la bouche qui le prononce,

s'élève pour le malheur du monde. Des nuées de moines désolent et dévorent la population ; le despotisme s'empare des lambeaux de la République romaine ; l'hydre de la féodalité infecte l'Europe de ses mortels venins.

Cependant une étincelle du feu créateur est conservée dans l'Orient; on y cultive avec quelques succès, les lettres humaines ; on n'y dédaigne même pas les sciences réelles. C'est à cette étincelle que se rallumera le flambeau du génie, qui doit de nouveau illuminer le monde.

Mahomet fait descendre du ciel une nouvelle religion parmi les Arabes ; ses victoires justifient sa doctrine ; et le Koran n'a rien à envier à l'évangile.

Les conquêtes des Arabes ouvrent un nouveau passage à l'entendement européen. On n'invente rien, mais on hérite des inventions des Grecs. La physique fait quelques pas; la chymie, quoique gâtée par un alliage impur de magie et de sortilège, recommence ses analyses; l'astronomie transcrit des tables combinées; l'algèbre étend ses procédés à toutes les questions mathématiques.

Quelques bons esprits soumettent les théories de la science sociale à d'utiles discussions ;

il en résulte des essais combinés d'antique démocratie et de gouvernemens modernes. Le cri de liberté retentit du sommet des Appennins aux sources du Danube; des Républiques s'organisent en Allemagne, en Suisse, en Italie, et il est décidé par le fait, que les peuples peuvent faire et défaire les rois.

Un manuscrit de Justinien sort de la poussière, et l'étude de la jurisprudence dirige les esprits vers l'ordre et la moralité. La législation prend un caractère plus uniforme. Le commerce est assujetti à des règles particulières, bases de sa grandeur et de sa stabilité; des relations s'établissent entre les hommes des différens climats, et des échanges mutuels de découvertes, de coutumes, de productions, font circuler la morale usuelle, la richesse et les lumières.

Mais la vérité pure et sans mélange ne transpire que goutte à goutte. Aux ténèbres de la stupidité succèdent les erreurs de la philosophie. Le règne d'Aristote recommence, et l'Europe devient toute péripatéticienne.

C'est à cette espèce d'idolâtrie qui excluait jusqu'au soupçon du doute, qu'il faut attribuer la marche lente et presqu'insensible de la plûpart des sciences morales et philosophiques.

La chymie semble n'avoir d'autre but que la recherche d'une composition qui donne l'immortalité. L'anatomie se borne à connaître la charpente osseuse, et le scalpel grossier déchire sans respect, ces tissus, ces ligamens miraculeux, ces tubes admirables, ces franges invisibles, où les humeurs s'élaborent, où la force réside, où circule l'existence, où siège le sentiment. L'astronomie s'occupe moins de calculer le cours des corps célestes, que de présumer leur influence; en un mot, l'esprit humain ne pouvant atteindre le raisonnable, veut, presque de tous côtés, se jetter au-delà du possible.

Il n'en est pas de même des arts mécaniques qui, sans offrir des moyens simplifiés, comme depuis, présentent au moins des résultats satisfaisans. Le Midi trouve dans les vers-à-soie une nouvelle branche d'industrie; les habitans du Nord, en inventant les moulins à vent, forcent l'aquilon destructeur à devenir utile ; la navigation se fraie des routes certaines par la découverte des propriétés de l'aimant; un procédé chymique, dû au hasard, révèle le secret de la poudre à canon; un autre, celui de la fabrication des papiers ; les armes à feu sont inventées; l'art d'asservir à des principes fixes, les mouvemens fougueux d'un cheval; celui de diriger ceux de l'homme dans une action générale ou singulière, commencent à faire partie de l'éducation.

La langue du Midi de l'Europe, formée des débris de la latinité, mêlés à des dialectes tudesques, se perfectionne et s'adoucit. Elle est souple et facile sous la plume de Bocace, sonore et majestueuse dans les accens du Dante, moëlleuse et tendre dans les soupirs de Pétrarque.

La galanterie des Maures et des Arabes qui du royaume de Grenade avait passé en Espagne, et de là en France et en Italie, fait naître l'idée de plusieurs associations politiques et littéraires. L'esprit chevaleresque anime tous ceux qui ont reçu une éducation distinguée; il devient une sorte de culte d'honneur, véhicule des grandes choses. Les Troubadours, dans nos provinces méridionales, occupent leur vie à faire l'amour et à le chanter.

Ainsi, de générations en générations, l'imagination s'embellissait, le jugement se consolidait, la mémoire s'enrichissait, l'industrie accélérait ses progrès; mais la véritable science, celle qui, par l'étude de la nature, conduit à la vérité, la philosophie enfin dormait encore.

Une nuit de plus d'onze siècles enveloppa donc l'univers, jusqu'à celui qui précéda l'âge de Léon X et de François Ier. Un petit nombre d'hommes illustres, tels que ceux que nous avons déjà nommés, et tels encore que Boëce, Grégoire de Tours, Suidas, Gerbert, qui quoique géomètre, devint par la suite pape, sous le nom de Silvestre II : ces hommes, disons-nous, placés de loin en loin, empêchent seuls l'interruption de la chaîne des connaissances humaines. Mais, comme nous l'avons observé, une rouille momentanée peut obscurcir son éclat immortel, et l'ignorance ne peut la rompre. Abélard, dont la philosophie égalait l'érudition, et en qui une imagination féconde le disputait à une raison exercée, Abélard, comme un flambeau lumineux, brilla parmi ces épaisses ténèbres, et parvint un peu à les éclaircir. On eût dit que, placé au milieu de cet abyme d'ignorance, il devait servir de communication entre le siècle de Virgile et celui d'Arioste. Ce grand homme, en effet, semble toucher d'une main le tombeau d'Auguste, et de l'autre, le berceau de François Ier.

Trois événemens de la plus haute impor-
tance concourent, vers cette époque, à changer
la face du monde. La prise de Constantinople
et la chûte de l'empire de l'Orient firent re-
fluer en Europe, les arts et les sciences de la
Grèce. La découverte de l'Amérique et le passage aux Indes par le Cap de Bonne-Espérance,
hâtèrent les progrès de la navigation, du commerce, de l'histoire naturelle, et donnèrent
l'idée d'une nouvelle organisation physique
du monde. L'invention de l'imprimerie éter-
nisa ces révolutions, et assura à l'esprit humain, une immortelle garantie contre le despotisme. Bientôt les monarques d'Asie devien-
nent les alliés des monarques d'Occident ; un
système d'équilibre oppose à l'ambition des
rois, les lois d'une sage diplomatie. Luther
écrase sous les traits réunis de l'érudition et du
ridicule, l'édifice d'erreurs élevé par les pon-
tifes catholiques, crée un ordre plus raisonnable dans la théologie, et enlève aux mystères le
plus grand nombre de leurs partisans. De
toutes parts, la philosophie adolescente secoue
avec force le joug de l'autorité ; de toutes
parts l'autorité lui répond par des crimes ;
mais, comme l'a judicieusement remarqué un

philosophe moderne, la ciguë de Socrate a tué ses ennemis.

La famille des Médicis, qui du fond d'un comptoir, s'était élevée sur un trône, ranimait, par sa magnificence, les lettres en Italie; déjà l'aube de leur retour jettait quelques lueurs sur l'Espagne, la France et l'Angleterre. Presque dans toute l'Europe, les trônes étaient remplis par des hommes d'état. Léon X à Rome, en Espagne Charles-Quint, Henri VIII en Angleterre, et bientôt après, Marie Stuart en Ecosse, recréaient les arts, enflammaient les artistes, fondaient l'instruction : tandis que, sorti des forêts de la Dalécarlie, Gustave Vasa avait chassé du trône le cruel Christiern, et déployait autant de sagesse dans l'administration de ses états, qu'il avait montré de courage à les conquérir.

Voilà les véhicules et les modèles que trouva François 1er. en succédant au roi de France son beau-père. Il sut les mettre à profit et naturaliser dans son pays, les fruits qui déjà enrichissaient l'Italie.

La science du gouvernement commença à s'asseoir sur une autre base que le despotisme. La navigation à laquelle on devait déjà les découvertes de Christophe Colomb, d'Améric Vespuce et de Vasco de Gama, fit de nouveaux progrès par le voyage de Magellan aux terres australes; Copernic substitue aux erreurs de Ptolémée, le véritable système de l'univers; Erasme en Hollande, l'Arioste en Italie, Thomas Morus en Angleterre, font l'honneur de l'érudition, de la poésie et de la politique.

Une foule d'hommes illustres, et sur-tout de savans, parut dans les règnes suivans, et prépara, par un beau siècle, le siècle étonnant de Louis XIV. Ce fut comme la brillante aurore d'un jour pur et serein. Mais il est à remarquer que la langue française qui a été écrite et parlée avec autant de force que de pureté, par Fénélon, Racine, J. J. Rousseau, était encore enveloppée de lambeaux grecs et latins, sous les règnes de Henri III et de ses successeurs.

C'est en partie ce qui explique la préférence marquée que l'on accordait, dans ces tems, à l'érudition sur les belles-lettres; parce qu'il est plus aisé de découvrir des dates et des usages dans Hérodote ou dans Virgile, que de faire dans un jargon tudesque, une histoire lisible ou un poëme harmonieux.

Ce fut sous le règne de Henri II que les

Etienne, savans imprimeurs, perfectionnè-
rent les méthodes que Jean Guttemberg avait
inventées en 1450. L'art typographique, fécondé par leur génie, s'éleva à une hauteur
qu'il avait peu dépassée, jusqu'à l'apparution
des Wafflard et des Didot, mais à laquelle
ceux-ci ont donné un degré de perfectionnement, qu'il paraît difficile de vaincre.

Les mathématiques ne tardaient pas à éten-
dre leurs domaines; on parvint à réduire les
signes algébriques et la langue de la géométrie
à la plus grande simplicité; la théorie des
équations fut inventée, et la méthode si efficace
des logarithmes mise en usage. Galilée, qui
bientôt après expia dans les prisons de l'inqui-
sition, le crime philosophique d'avoir pres-
senti le mouvement de la terre, adaptant à
l'astronomie, l'invention que Spina avait faite
des verres concaves et convexes, calcula, par
les taches du soleil, la rotation de ce globe sur
lui-même, et découvrit les phases de Vénus.
Képler soumit les planètes à des lois d'équilibre qui, depuis, produisirent le système de
Newton; Toricelli pesa l'air comme dans une
balance; Harvey trouva la circulation du sang;
Dumoulin restaura la médecine; Ambroise
Paré la chirurgie; Sanctorius, en calculant

la

la pesanteur des fluides humains, trouva les secrétions ; et par des observations profondes sur les couches argilleuses qui composent le globe, Bernard de Palysi conduisit en quelque manière à l'anatomie interne de notre planette.

Les beaux arts, la littérature et la morale commençant aussi à sortir de l'ignoble repos où les préjugés les avaient assoupis, la France enfantait des philosophes et des érudits, l'Espagne et l'Italie produisaient des poëtes, des peintres et des musiciens. Alors le célèbre Montagne, dans des écrits où, sous le titre modeste d'*Essais*, il parait de toutes les graces de l'imagination et de toutes les fleurs du style, les préceptes les plus sérieux de la morale ; Charron, dans son *Traité de la Sagesse*, ouvrage non moins important que celui de Montagne, quoique moins agréable ; Amyot, traducteur de Plutarque, et dont l'élocution naïve charme toujours, malgré sa vétusté ; le conseiller Pibrac, versificateur gothique, mais dont les quatrains renferment d'excellens axiomes de probité ; quelques autres encore réveillent l'idée de ces écoles fameuses de la Grèce, où Socrate, Platon, Zénon, Aristippe guidaient les esprits dans la recherche de la vérité.

d

Alors aussi la mine de l'érudition était exploitée par Rabelais, dont la plume cynique se fait pardonner en faveur de son originalité; par les Scaliger et Mélancton, critiques renommés; le commentateur Baronius, Vossius, Just-Lipse et le professeur Ramus, dont les malheurs égalèrent les connaissances.

Mais pendant que notre Ronsard faisait bégayer à la poésie, un barbare et ridicule idiôme, le prélat Trissino et le Tasse en Italie, le Camoëns en Portugal, élevaient jusqu'aux cieux leurs épiques accens. Jérôme Vida écrivait en vers latins, dignes du siècle d'Auguste, une poétique qu'Horace n'eût pas désavouée, et la douce lyre de Tibulle soupirait de nouveau sous les doigts de Jean Dorat.

Enfin Malherbe vint, et la muse française commença à parler le langage des dieux. Milton se montra l'émule et le rival d'Homère; le grand Shakespéar devint le père de la Melpomène britannique; Lopez de Véga celui du théâtre espagnol; Cervantes publia l'inimitable roman de Dom-Quichotte, et Balzac donna à notre prose le nombre et l'élégance. Les écoles de peinture italienne et flamande précédèrent la création de la nôtre. Lesueur et Lebrun n'existaient pas encore, et déjà le doux crayon du

Guide embellissait les graces; Vandick traçait les modèles de la beauté ; le Titien, Véronèse, les Carraches peuplaient la toile d'un monde vivant ; Rubens répandait dans ses compositions l'ardent coloris du génie , et la divinité reposait sur la fière et noble palette du grand Raphaël.

Les préceptes de Vitruve , fécondés par Palladio , modéraient l'impétueux génie de Michel-Ange ; cet artiste sublime, maniant tour-à-tour et presqu'en même temps et avec un égal succès, le pinceau, le compas et l'ébauchoir, soulevait dans les airs le dôme de St. Pierre, peignait le jugement dernier, et d'un bloc informe , tirait ce Bacchus, que l'on prit pour un antique.

Cette époque fut encore signalée par l'invention de la gravure.

Une nouvelle secousse politique ébranle l'Europe. La Hollande renverse les échafauds du duc d'Albe et brise le joug espagnol; l'Angleterre proclame la grande charte des droits du peuple et des devoirs des rois ; tandis que , par un contraste déplorable , l'Espagne , la France et une partie de la Hongrie voient s'anéantir les restes de leur indépendance ; comme si le génie qui tient dans ses mains la balance de nos destinées , ne permettait pas que le bassin du bonheur s'élevât plus haut que celui de l'infortune, et qu'il fût chargé de maintenir l'équilibre entre les attentats du despotisme et les efforts de la liberté. Cependant la carrière philosophique qui jusqu'alors était restée vuide et ténébreuse, se remplit par une succession non interrompue de savans illustres, dont quelques-uns des premiers, il le faut avouer, l'éclairèrent d'une lueur incertaine; mais dont les autres, si l'on ose le dire, l'inondèrent des flots lumineux et purs de la vérité.

A leur tête doit être nommé René Descartes qui, soit qu'on le considère comme métaphysicien, ou comme géomètre, mérite également la reconnaissance des philosophes. Aristote régnait en tyran sur l'école; Descartes osa attaquer sa puissance, et substituer à la routine des erreurs, le doute qui dans la suite conduisit à la vérité. La méthode des indéterminées est une des plus belles applications de l'algèbre à la géométrie ; le traité des météores et celui de la dioptrique, sont des ouvrages, où se fait sentir le physicien profondément éclairé, et dégagé de l'esprit de systême qui l'égara quelques fois. Mais celui des ouvrages de Descartes qui a le mieux mérité et le plus obtenu de célébrité univer-

selle , est son hypothèse des tourbillons.
Pythagore avait imprimé le mouvement à la
matière ; la physique d'Aristote ne le lui en
avait laissé que ce qu'il faut pour être ;
Descartes lui en donna pour produire. Le
soleil, comme le grand ressort d'une montre,
s'il est permis de comparer de si grands objets
à de si petits, communique la vie et l'action
à toutes les sphères célestes , qui , comme
autant d'immenses rouages, s'engrènent dans
sa circonférence. Un fluide, sans cesse vivant,
tourbillonne autour de chaque globe, et par
sa force centrifuge, s'éloigne vers les extrémités. Les lois de l'action et de la réaction
perpétuelles, conservent parmi ces atmos-
phères innombrables, et toujours roulantes,
le plus sage équilibre ; c'est comme une armée
de planètes et d'étoiles, qui font dans plusieurs sens , des révolutions individuelles,
et qui sont entraînées dans la marche uniforme du mouvement général des cieux.

Mais ce système qui avait rempli l'espace
d'une matière subtile et donné l'impulsion
pour mobile du mouvement, n'était que le
roman de la physique. Il était réservé à
Newton d'en tracer l'histoire. Newton vint
donc, et la lumière fut. Il bannit de la phy-

sique les conjectures vagues , de la géométrie les hypothèses hasardées ; il restitua le
vuide dans l'espace, en prouvant l'impossi-
bilité du plein , et , par un admirable développement des lois sur la chûte des corps
trouvés par Galilée , il devina et prouva l'attraction et la gravitation. Les corps célestes
pesant les uns sur les autres par les lois de
l'action , sont retenus dans leur orbite par
celles de la réaction. Tous pèsent et gravitent
vers le soleil, centre du monde , lequel gra-
vite et pèse à son tour sur eux. Newton ,
par une nouvelle décomposition du rayon
solaire, créa aussi l'optique ; enfin , sans parler
de ses autres titres à l'admiration de la postérité , ce fut lui qui perfectionna le calcul
de l'infini et la méthode des suites.

Mais quand l'Angleterre récompensait ses
découvertes de la seule manière qui fût digne
de lui , c'est-à-dire, en les adoptant, la France,
moins avancée , était encore toute cartésienne.
Ce ne fut que de longues années après, que
Maupertuis ayant démontré les erreurs de cette
doctrine , le Newtonianisme commença à
dissiper les tourbillons.

Les autres parties de la philosophie ne s'é-
levaient pas avec moins de splendeur. Déjà

l'immortel chancelier Bacon, qui avait précédé Descartes de quelques années, avait réduit en système raisonné et élevé en arbre encyclopédique, l'enchaînement des connaissances humaines; sans avoir eu le mérite de reculer les bornes de la science, il avait du moins indiqué les routes qu'elle offre à parcourir; son *Organe des sciences* renferme le germe des plus belles expériences physiques; l'élasticité de l'air, dont Torricelli trouva la pesanteur; l'attraction, que Newton agrandit avec tant d'avantage. Halley et Bernouilli, fertilisant les idées de Tycho-Brahé, dressaient de nouvelles tables astronomiques, et soumettaient les révolutions des comètes aux règles d'une théorie. Leibnitz atteignait, en même tems que Newton, au perfectionnement du calcul de l'infini; Pascal écrivait les *Provinciales* et approfondissait la découverte de la Cycloïde, qu'Huygens appliquait à l'égale division du mouvement du pendule; l'anneau de Saturne et son troisième satellite se montraient aux regards de ce grand astronome; Léuwenhoek, au moyen du microscope inventé par Métius, interrogeait les liqueurs spermatiques, et y trouvait des animalcules vivantes et nageant; Mallebranche, disciple de Descartes, oubliait son existence, pour rechercher celle de la vérité; Ruysch, par ses belles injections anatomiques, semblait perpétuer la vie et le sentiment; Boërrahave débrouillait le chaos de l'ancienne médecine; Malphigi osait porter sur la fibre presqu'impalpable des végétaux, le scalpel d'une sévère anatomie; Cassini, par ses excellentes cartes, se rendait à la fois utile à la géographie, à l'astronomie, à la navigation; Rohault commençait en physique, ce que devait perfectionner Boyle; et Locke, par son analyse de l'entendement humain, ouvrait des routes directes et sûres dans le labyrinthe embarrassé de la métaphysique.

Quoique les progrès de la science philosophique aient été très-marqués sous le règne de Louis XIV, ceux des belles-lettres proprement dites et des arts libéraux, le furent pourtant davantage. En effet, jusqu'à Newton, des taches grossières déshonorèrent les découvertes les plus utiles, et l'on peut dire que l'intelligence humaine marchait encore à côté de la vérité.

De quel éclat immortel et pur ne brillèrent pas, au contraire, toutes les parties de la littérature et des arts! quelle force unie à la

grace ! quelle beauté , jointe à la grandeur !
quel goût intime des belles choses ! quel dis-
cernement exercé ! Nicole et les écrivains de
Port-Royal revêtaient la morale des charmes
d'une éloquence agréable autant que solide ;
Labruyère , émule et vainqueur de Théo-
phraste, traçait d'un burin aussi pur que véridique , les caractères de nos passions ; Corneille et Racine se partageaient l'empire de
Melpomène ; Molière seul régnait en maître
dans celui de Thalie ; Despréaux, armé du
fouet d'une juste censure, châtiait le mauvais
goût et la médiocrité ; Fénélon , du crayon
le plus enchanteur, traçant l'un des plus beaux
ouvrages qui soient sortis de la main des
hommes, osait plaider au tribunal de l'humanité , la cause des peuples opprimés contre
les rois oppresseurs ; Bossuet , comme un
aigle superbe, parlait des rois avec la langue
des dieux ; Rousseau consacrait à la religion
du Christ, les accords immortels de la harpe
du prophète hébreu ; Lafontaine jettait sur
ses naïfs récits, le voile diaphane des plus
riantes allégories ; Bourdaloue faisait retentir
la chaire d'accens sévères et paternels ; les
lois du langage français étaient recueillies en
code, par Ménage, Furetière et Vaugelas;

une foule d'autres littérateurs et de savans cultivaient avec un égal succès, toutes les branches de la science littéraire.

Cependant la sculpture, la peinture, l'architecture et la musique partageaient les mêmes efforts et se couronnaient des mêmes succès. Le pinceau de Lebrun retraçait les combats d'Alexandre, celui de Lesueur les vertus de Bruno; le burin de Nantueil multipliait l'image des hommes célèbres; le ciseau de Girardon avait fait sortir la vie du milieu d'un tombeau; celui de Coysevox et du Pujet peuplait les palais de marbres animés, et la colonnade de Perrault empêchait Michel-Ange de tenir seul le sceptre de l'architecture.

Lulli mariait à la musique des poëmes de Quinault, la poésie de ses divins accords; Le Nôtre, du milieu des obstacles et des aspérités, faisait sortir le jardin le plus majestueux et le plus régulier, que la Quintinie enrichissait de plantations utiles; Jean Bart et Dugué-Trouin imposaient à l'Océan le joug de la marine française, qui n'existait pas avant Louis XIII, et nous apprîmes des Génois, des Vénitiens, des Portugais et des Hollandais, que les nations, comme les particuliers, doivent leur opulence au commerce.

Il était tems qu'au règne des Muses qui charment l'imagination, succédât celui de la sagesse, qui épure les mœurs. Sous François Ier, on s'était consacré à étudier l'antiquité ; sous Louis XIV , à l'imiter dans ses productions ; le dix-huitième siècle devait la surpasser par sa vertu.

C'est à lui que, dans l'ordre de la physique, nous devons d'Alembert, rival de Fontenelle, et lui-même rivalisé par Condorcet ; d'Alembert, en qui l'abstraction mathématique n'avait pas desséché la sève moëlleuse de la littérature, et qui en même tems qu'il écrivait l'histoire de l'académie des sciences et les éloges des académiciens, trouvait le secret de soumettre la mécanique à la précision des calculs : Buffon, qui nous a appris à n'appuyer notre jugement que sur des faits, et à ne contenter notre raison que par des expériences ; Bailly, qui monta aux cieux, dont il avait fait l'histoire, par le chemin de l'échafaud ; Lavoisier, qui fut, pendant qu'il vivait, le Newton de la chymie, et qui en devint le Socrate par sa mort ; Francklin, qui prescrivit des règles à la foudre ; Poncelet, qui divulgua les loix du phlogistique et de l'électricité ; Haller, qui trouva celles de la sensibilité et du système irritable ; une foule d'autres savans, physiciens, algébristes, géomètres, dont la nomenclature ne ferait qu'ajouter à la longueur de ce discours, sans ajouter à leur gloire.

Il était aussi réservé au 18e. siècle , à cet âge véritablement philosophique, d'offrir dans un seul homme, la réunion encyclopédique des connaissances qui pourraient en illustrer tant d'autres, et de composer le génie de Voltaire , de l'imagination d'Homère et de Sophocle, de l'éloquence de Démosthènes, du goût de Rochester et de Boileau, de l'intelligence de Locke, de la grace et de la facilité d'Anacréon, et de la fécondité de tous ces grands hommes réunis.

La raison publique doit à Voltaire ses victoires les plus éclatantes , et l'erreur ses plus honteuses défaites. De sa plume, tantôt terrible et menaçante, tantôt folâtre et enjouée, est sortie la foudre qui écrase les forfaits, ou le ridicule qui flétrit les abus. Il a prouvé que les prêtres et les rois avaient presque cessé d'être des hommes, et que c'était à ces fléaux du genre humain qu'il fallait en attribuer les préjugés, les écarts et les malheurs.

Condillac, dont le génie analytique n'a pas craint de pénétrer jusques dans les replis

secrets de notre intelligence , pour en dissé-
quer les plus subtiles opérations, est parvenu,
par une série d'observations sûres , à proscrire
les systêmes qui déshonorent la métaphysique
comme ils égarent la physique, et qui mettaient
en problême jusqu'à l'évidence. Montesquieu
a débrouillé le chaos des lois humaines et en a
tiré les titres primordiaux des droits des nations. J. J. Rousseau a érigé ces droits en lois
imperturbables ; il a ordonné aux opprimés
d'en user, comme aux oppresseurs de se cour-
ber devant elles, et des hâches de son éloquence, il a frappé de mort les abus qui dés-
honoraient notre éducation.

Le colossal sanctuaire des connaissances
humaines s'est élevé par les soins et les travaux
de d'Alembert et Diderot ; Barthélemy a enrichi l'Europe moderne des trésors que ses travaux longs, méthodiques et infatigables ont
tirés des ruines savantes de l'ancienne Grèce ;
ainsi l'érudition, d'accord avec le génie, et
conduite par le goût, a augmenté la force de
la raison et l'influence de la philosophie.

Une ramification de la science sociale en est
devenue une véritable branche, et a produit
une célèbre école. Nous parlons de l'Écono-
mique, dont les principes livrés à l'arbitraire

ne présentaient ni un corps d'observations, ni une suite de résultats. Stewart et Smith en Angleterre ; Turgot, Mirabeau, Quesnai en France, en composèrent une doctrine, et pour la première fois, depuis Jean de Witt, les moyens de subsistances et de commerce furent assujettis à un calcul arithmétique.

Une autre école non moins philantropique dans ses vues, et qui subsiste encore, produisit ces discussions célèbres, où la traite et l'esclavage des noirs, dont jusqu'alors on n'avait osé contester la légitimité, furent enfin mis en doute. Des amis de l'humanité, aussi chauds qu'éloquens, tonnèrent à coups redoublés contre cet exécrable commerce de chair humaine, prouvèrent que l'insatiable voracité d'une misérable bande de planteurs, soutenait seule ce système de brigandage et de spoliation. Le cri terrible de l'humanité réveillée, retentit des bords de la Tamise aux rives du Sénégal. Et plus d'une jolie parisienne, qui naguères humait la teinture parfumée du Moka, sans savoir s'il croissait à la Martinique ou à Vaugirard, sentit ses yeux s'humecter de pleurs à la vue de ce sucre, arrosé du sang des nègres infortunés.

Les écrits de Beccaria, en démontrant que

la plupart des délits résidait dans la législation, préparèrent la réforme des usages barbares qui punissaient également l'intention et le fait, le rapt d'une pièce de monnaie commandé par la nécessité, et l'assassinat médité par la vengeance. Howard prouva que, l'homme étant innocent, quand la loi ne l'a pas reconnu coupable, il était contre la justice autant que contre l'humanité, de lui infliger la punition précoce d'une détention longue, d'une prison insalubre, et de charger de fers odieux, les mains que le forfait ne souillait peut-être pas, et qu'un jugement allait peut-être aussi proclamer innocentes et pures.

Une nouvelle espèce de combinaisons fut déduite de la vie des hommes, considérée sous les rapports des âges, des tempéramens, des climats, des gouvernemens, des professions, des goûts mêmes et des habitudes. Ces calculs économiques donnèrent naissance aux emprunts viagers, aux associations de banque, aux tontines survivancières : d'autres présomptions sur la cupidité du cœur humain, produisirent les loteries ; mais si l'arithmétique des probabilités a gagné quelque chose à ces établissemens, la morale y a trop perdu, pour que nous ne les regardions point comme un pas rétrograde dans le chemin de la perfectibilité.

S'il était besoin de répéter ici les noms de ceux qui ont rendu le 18e. siècle digne de succéder à celui de Louis XIV, nous aurions à présenter un catalogue tel qu'une simple introduction n'en peut comporter. Il suffit de se ressouvenir que, depuis environ cinquante années, l'opinion de notre siècle est dominée par cet esprit de doute, qui peut conduire au perfectionnement, et qui est le caractère distinctif de la saine philosophie ; que toutes les portions de la science en sont comme imprégnées, depuis le théorême le plus abstrait, jusqu'au plus futile roman ; depuis les cônes de Cherbourg, jusqu'à la nouvelle nomenclature chymique.

Quoique nous n'ayons parcouru, pour ainsi dire, qu'en courant les générations successives des hommes fameux et des découvertes remarquables, auxquels la littérature et la philosophie doivent leur existence et leur éclat, nous craignons cependant d'avoir encouru le reproche de la prolixité, parce que nous n'avons fait que rappeller à nos lecteurs, ce qu'ils savaient avec plus de détail,

et

et qu'on est toujours trop long, quand on ne dit rien de neuf. Mais nous observerons que cette espèce de galerie, dans laquelle nous avons promené ceux qui nous honorent de quelqu'attention, était, à ce que nous pensons, indispensable pour retracer des points de vue nécessaires dans la perspective des siècles passés, et des objets de comparaison entre les découvertes qui les ont illustrés, et celles qui honorent l'âge actuel.

Nous terminons cette réflexion, en rappellant que ce fut vers le milieu de ce 18.ᵉ siècle, que notre musique éprouva une révolution, qui a substitué au bruit des accords, un caractère d'imitation réelle. Tout le monde sait à quelle théorie savante Rameau a soumis l'art des sons, et de quels succès furent récompensées les belles innovations de Gluck, qui nous a révélé le secret de la mélodie.

Mais des changemens plus importans dans leurs principes et par leurs résultats, bouleversent les deux mondes. Les préjugés et les crimes entassés s'élevaient comme un amas de matières combustibles, sur lesquelles la philosophie faisait jaillir des étincelles de son flambeau. Le volcan gronde, s'embrâse,

éclate, et dans son irruption terrible, dis-
perse au loin les débris de l'erreur. L'Amérique septentrionale repousse les étreintes
d'une métropole qui la traite en marâtre ;
la rudesse des régions hyperborées, s'adoucit
par l'introduction de nos arts et de nos mœurs ;
la Pologne essaie de soulever ses fers ; la
France plus heureuse se lève, brise les siens,
et de leurs débris, frappe et immole ses an-
tiques oppresseurs. L'arbre d'une vieille monarchie, desséché par le luxe, miné par la
raison, est déraciné par la force, et tombe
avec violence; sa chûte entraîne des victimes,
dont la pitié compatissante place les urnes
cinéraires, dans le temple des souvenirs ;
mais le sol déchiré par tant de secousses, se
cicatrise et se raffermit. La philosophie, mère
de la liberté, veille près de son berceau, et
les yeux attentifs de l'Europe se fixent sur
un dépôt si cher.

Telle est la route trop lente, toujours pé-
nible, souvent coupée de précipices, et ra-
rement parée de verdure et de fleurs, qu'a
suivie jusqu'à nos jours la raison de l'homme.
Le despotisme des grands, l'intolérance des
prêtres, la paresse des peuples, les crimes,
les vices des uns, les préjugés des autres,

ont tour-à-tour , et souvent à la fois , arrêté ses pas, enchaîné son essor. Mais la commotion est donnée, et puisque l'imprimerie existe, puisqu'elle est libre, nul obstacle n'est assez puissant pour modérer ses progrès. Osons même assurer qu'ils sont incalculables , et que si l'aurore de la raison a fécondé tant de merveilles, celles que son midi produira, les feront oublier.

Soyons justes cependant : si l'art des gouvernemens soumis depuis dix années aux leçons de l'expérience, s'avance à grands pas vers la perfectibilité ; si une législation vicieuse, roulée sur la pente du tems, se simplifie et se polit ; si les mathématiques étendent de nouvelles branches fructueuses ; si l'art anatomique qui, depuis Ambroise Paré jusqu'à la Peyronie et Petit, ses illustres restaurateurs, était resté stationnaire , marche de découvertes en découvertes ; si la médecine, abjurant les hypothèses, cesse d'être une science conjecturale , et s'occupe moins de guérir les maladies que d'en préserver ; si la nature semble avoir confié ses plus intimes secrets à un philosophe qui l'étudie en amant, et la décrit en poëte ; si la main hardie autant que sûre d'un autre sage , a levé le rideau superstitieux qui couvrait les mystères et les oracles des divers cultes ; si, graces à de savantes méthodes d'analyse, la chymie et la botanique sont devenues les bases de l'art curatif ; si celui de mesurer l'espace et la quantité est réduit à sa simplicité primitive ; en un mot, si presque toutes les sciences qui dépendent du jugement sont en pleine vigueur, il n'en est pas de même des belles-lettres et des arts, enfans de l'imagination.

Nous sommes bien éloignés, nous le répétons encore, de vouloir faire le procès à ceux qui les cultivent. Nous avons déjà rendu hautement justice au courage qu'ils ont prouvé en ne les abandonnant pas, au milieu de nos sanglantes catastrophes; mais nous gémissons que Piron, Gluck, Crébillon, Marivaux aient si peu d'imitateurs, et nous nous en consolons d'autant moins qu'ils pourraient en avoir davantage.

Non, le génie n'est point éteint parmi nous: mais le goût qui épure sa flamme semble nous devenir étranger.

La révolution qui a produit les plus grandes choses a habitué nos idées au gigantesque. Ce sentiment est peut-être nécessaire pour disputer contre la tyrannie, la liberté ; mais en matière de goût , il est ridicule et nuisible; Appollon n'est pas un despote, et il y a long-tems que les lettres sont en république.

De ce principe invariable, il faut conclure que la liberté , qui en littérature doit être éclairée par l'intelligence, comme en politique elle doit être guidée par la morale, n'a pas de plus dangereux ennemi que l'anarchie, qui, dans le premier domaine , produit le goût du mauvais ou le faux goût, comme dans le second elle enfante le goût du dérangement ou la désorganisation.

Des diverses parties de la littérature qui commencent à être infectées de cette espèce d'épidémie , il n'en est pas qui le soient davantage que les compositions dramatiques et les romans : ajoutons qu'il n'en est pas où elle soit plus communicative , et conséquemment plus mortelle.

Les spectacles et la lecture sont devenus pour les Européens en général, et plus particulièrement pour le peuple français, des besoins de première nécessité. C'est un pain moral, une nourriture intellectuelle , si l'on ose dire , qui lui est aussi nécessaire pour alimenter son esprit, que le froment est indispensable pour substanter son corps ; et dans un journal littéraire (1), dont l'auteur réunit à la connaissance des règles de la scène, une élocution qui les rend plus aimables, on a observé que ce même peuple qui pouvait supporter patiemment une disette de quatre mois, ne verrait peut-être pas d'un œil si tranquille, la clôture des théâtres durant une décade.

Mais ne vaudrait-il pas mieux qu'ils en subissent une plus longue encore, que quelques-uns même en éprouvassent une totale, que de continuer à dépraver le goût, à égarer le jugement, et à replonger le bel art de l'imitation dramatique dans la barbarie du 13.ᵉ siècle ?

Il en est à-peu-près de même des romans. J. J. Rousseau, qui les considérait en moraliste, a dit *qu'il serait à propos que la composition de ces sortes de livres ne fût permise qu'à des gens honnêtes, mais sensibles, dont le cœur se peignît dans les écrits.* En partageant l'opinion de ce grand et vertueux écrivain, nous demanderions aussi, comme littérateurs, que l'auteur d'un roman

---

(1) Le Censeur dramatique.

joignît le goût à la probité , et à l'honnêteté
de la pensée, quelque vraisemblance dans
les événemens et quelque grace dans les expressions ; car ce n'est qu'en se rendant agréable que l'on devient utile , et l'on pardonne
au machiniste de se montrer quelques fois,
pourvu qu'il ne veuille point faire oublier le
conteur raisonnable.

On méconnaît de jour en jour ces préceptes sages et simples inspirés par la nature,
qui nous conduit toujours à la pratique du
bon , par le spectacle du beau. Voit-on que
pour abaisser l'orgueil d'un roi qui se fonde
sur la force, ou la présomption d'un peuple
qui compte sur le nombre, elle évoque les
spectres des tombeaux , éteigne le soleil,
couvre les marbres d'une sueur de sang, délie
la langue des statues de bronze, bouleverse
enfin l'ordre admirable de ses harmonies ?
Non. Le tonnerre qui touche la cîme d'un
cèdre sourcilleux et le réduit en cendres ; la
faulx qui, sous les coups du moissonneur ,
fait tomber d'innombrables épis : voilà les
exemples que la nature présente, voilà les
leçons sans cesse répétées qu'elle donne.

Au lieu de les imiter dans les peintures que
nous prétendons faire des événemens de la

vie, nous nous jettons hors des bornes du possible, nous dédaignons même le vraisemblable.
Quant au naturel, il n'en faut plus parler,
et nous ne sommes jamais plus contens, que
quand une demi-douzaine de démons ou de
revenans ont tellement remué notre faible
individu, que nous tremblons de tous nos
membres. Et voilà de quelles avantures sont
grossis tous ces romans anglais dont le dé-
bordement nous inonde, et dont les auteurs,
femmes pour la plupart, font un si cruel abus
de l'imagination et de l'esprit. Ces monstrueux
tableaux sont répétés sur beaucoup de nos
théâtres ; on place ces livres et ces spectacles
entre les mains et sous les yeux de la jeunesse
et de l'enfance ; on émousse leur sensibilité
même avant qu'elle soit développée ; on les
blase sur des sensations naturelles, en faisant
éprouver à leurs fibres délicates, des convul-
sions extraordinaires ; enfin, en mettant sans
cesse en fait, des crimes dont la nature
s'épouvante, et que les lois même n'ont pas
osé supposer, on familiarise nos esprits avec
de fausses idées, et nos cœurs avec de cou-
pables penchans, sans que l'exemple du châ-
timent puisse corriger les uns et rectifier les
autres : car le scélérat qui médite un meurtre

sait bien qu'il lui est plus possible de le commettre, qu'à la nature de renverser ses lois pour le punir.

Est-il nécessaire d'analyser la situation présente des lettres et des arts, pour prouver que nos craintes sur la décadence qui les menace, ne sont point chimériques ? Où est le sel agaçant, où sont les graces négligées des la Fare, des Saint-Aulaire, des Hamilton, des Voltaire, des Saint-Lambert, des Chaulieu ? Quels sont les dépositaires de la plume véridique et vigoureuse des de Thou, des Vertot, des Milot, des Raynal ? Qui possède les crayons de l'Albane, la touche de Rubens, le pinceau de la Tour ? Tu respires, David ; rends donc aussi à ton art l'existence et la fécondité.

Ne fermons cependant pas nos yeux à l'évidence et nos cœurs à l'espoir. Le temple de Melpomène possède quelques dignes ministres ; les autels de Thalie fument quelques fois d'un agréable encens ; la lyre de Pindare frémit encore sous des doigts harmonieux ; Noverre a des successeurs, et Baron et Garrik plus d'un héritier. Il est donc des talens qui peuvent nous indemniser de nos pertes ; par ce qu'ils ont déjà fait pour la restauration des lettres , nous jugeons de ce qu'ils peuvent encore. C'est à concourir bien plus directement et sur-tout plus efficacement que nous, à cette entreprise, digne de la littérature dont ils sont les restes précieux , et de la nation dont ils deviendront les bienfaiteurs, que nous appellons tous ceux dont les talens connus ou dignes de l'être, ont prouvé ou peuvent prouver qu'ils sont les dépositaires du véritable bon goût..

Institut national de France , sociétés savantes et littéraires de l'Europe , soutenez notre ardeur, secondez nos efforts ! Dites aux poëtes , aux orateurs , aux historiens , aux philologues qui sont parmi vous, de mettre en commun la portion de génie que chacun d'eux a reçu du ciel ; d'en composer un foyer sacré d'instruction littéraire , et permettez-nous d'en faire quelquefois sur notre ouvrage réfléchir les rayons.

Nous adressons la même prière au petit nombre d'archéologues pour qui l'érudition et l'étude de l'antiquité ont de puissans attraits. Quelques-uns , dans ces dernières années , ont partagé avec leurs contemporains les trésors qu'ils avaient arrachés à la vétusté des siècles. Il en est d'autres non moins

riches et plus avares, qui craignent d'ouvrir
leurs cabinets et leurs porte-feuilles , à un
public qu'ils regardent comme spectateur
dédaigneux ou comme juge incompétent.
Nous convenons que les premières tentatives
sont rebutantes, et que les premiers essais
peuvent être des sacrifices. Mais il n'est pas
de difficultés que le courage ne surmonte,
ni de dégoûts dont l'amour de l'art ne con-
sole. Si les érudits se rappellent que l'admiration des monumens anciens précéda la création des modernes et en fut le véhicule , ils
cesseront de regretter d'avoir souvent épuisé
leur santé et leur fortune pour déchiffrer une
médaille rouillée, ou pour restituer un passage tronqué. Notre intention est de remettre
en honneur cet art vénérable dans son objet,
glorieux et utile pour ceux qui savent le
dégager de sa sécheresse, et l'étudier en littérateurs et en philosophes. Aux préceptes
extraits des auteurs les plus estimés , ou
donnés par des amateurs instruits, il nous
sera facile de joindre les meilleurs exemples,
et nous les tirerons de ces musées où, par les
soins et sous les yeux de conservateurs in-
telligens, les siècles semblent se ranimer,
et présenter dans leur réunion, l'échelle pro-

gressive de la décadence, du retour et des succès de l'art.

Si l'on a daigné suivre avec quelqu'attention le fil de nos idées et de nos réflexions, il n'aura pas été difficile de se convaincre que, comme nous l'avons annoncé, le but de notre travail étant de faire marcher d'un pas égal toutes les facultés de l'entendement humain, il est dans l'intention de nos efforts de rendre l'existence à celles qui l'ont en partie perdue, la force à celles dont la faiblesse pourrait conduire à de plus dangereux accidens, et d'entretenir dans l'état de vigueur, celles qui sont en pleine prospérité. On aura conclu de ce triple dessein, que nous ne pouvions le remplir qu'en épurant le goût, en rectifiant le jugement, en éclaircissant l'intelligence.

Mais qu'est-ce que le goût ? C'est la facilité de sentir le bon, le mauvais, le médiocre, et de les distinguer sûrement. Nous disons de *sentir,* car cette faculté qui se rapporte à l'imagination et qui est destinée à apprécier ses produits, ne consiste pas à combiner par analyse, mais à être frappé par sentiment. Les règles sont inutiles pour éprouver un transport d'enthousiasme à la lecture d'un vers de l'Illiade, ou un soulèvement de dégoût à celle d'une tirade de Jodelet. Le goût n'est donc que l'action rapide et simultanée du cœur et de l'esprit, qui s'accordent tout-à-coup pour adopter avec admiration ou rejetter avec mépris. Quand le cœur a été formé par l'habitude des louables affections, quand l'esprit a été éclairé par la lecture des bons modèles, le sentiment qui éclate à l'union subite de ces deux facultés, est nécessairement naïf, pur, exquis. C'est ce que, par excellence, on doit appeller le bon goût. On conçoit aisément qu'il s'altère d'autant plus, que l'étude de la nature ou des exemples a été négligée, et que l'instant de sa dépravation doit arriver, quand l'équilibre est établi entre les mauvaises qualités du cœur et les fausses notions de l'esprit.

L'intelligence est la facilité de connaître le vrai d'avec le faux, et de ne pas les confondre. Cette définition annonce assez que la faculté sur laquelle elle agit, commence ses perceptions par le dénombrement, les continue par l'examen, les éclaire par la comparaison et les énonce par un jugement. Cette marche lente et graduée, l'esprit seul peut s'y soumettre, et c'est en quoi l'intelligence diffère du bon goût, qui est bien une sorte de jugement, mais de jugement aussi prompt que le tact, et qui, avec la même vîtesse que lui, frappe les deux facultés sur lesquelles il opère. L'intelligence, au contraire, ressemble dans le moral, à la perception que, dans l'ordre physique, notre œil fait d'un objet. Pour le bien connaître, cet objet, pour en apprécier les qualités, pour en comprendre l'usage, ce n'est point assez que notre vue soit tombée sur lui comme par hasard; une espèce d'inventaire des élémens qui le composent, un examen de sa forme, une comparaison de cette forme, de ces élémens avec d'autres analogues, sont autant d'opérations nécessaires, ou, si vous voulez, de fractions d'opérations qui aboutissent à la principale qui s'appelle encore jugement. L'intelligence est dans les sciences, et le jugement dans les métiers, ce qu'est le goût dans les arts libéraux et dans les lettres. L'intelligence sera lucide, si la raison exercée par des études systématiques, si l'esprit enrichi de leurs trésors, font avec aisance les opérations qui conduisent à la vérité. Le jugement sera sain dans les mêmes circonstances et pour les mêmes motifs. Il sera faux au contraire, ou l'intelligence sera troublée,

si des études mal suivies ou des notions in-
certaines , égarent la raison et l'esprit dans
leur marche, et les précipitent dans le vague
de l'erreur. On voit par-là que l'intelligence
ne diffère du jugement, que par la grandeur
de son objet ; mais on voit aussi que, s'il ne
faut pas toujours que l'intelligence accom-
pagne le jugement , il est indispensable que
le jugement n'abandonne jamais l'intelligence.

Si les leçons de trente siècles ne sont pas
perdues pour la race présente, si elle se rend
digne de recueillir et d'augmenter l'héritage
de leurs lumières , le philosophe qui a gémi
sur les crimes et sur les préjugés qui ont
désolé le monde, peut et doit sécher ses lar-
mes. Un avenir plus doux s'ouvre à ses regards charmés , les ténébreuses horreurs du
passé s'évanouissent , et le présent ne lui
permet que des espérances.

L'imprimerie , qu'il n'est plus au pouvoir
des tyrans d'anéantir , inonde l'univers
des produits de la raison. Son germe semé
par-tout, par-tout se développe avec force ,
s'enracine dans le sol le plus ingrat , porte
des fruits dont tous les esprits font leurs
alimens. L'homme cesse de s'isoler et tend au
perfectionnement de sa substance morale et

à l'amélioration de sa nature physique. L'hygiène, ou la médecine conservatrice, la seule que la nature connaisse, que le bon sens avoue et que le succès justifie, devient populaire ; la chymie analytique, la botanique usuelle, ne sont plus réservées pour une seule classe d'adeptes ; leurs mystères sont révélés au grand jour, et par-tout l'homme les applique à sa conservation. Les familles des graminées se multiplient, leurs qualités s'améliorent, leur usage s'universalise. Une foule de végétaux mieux connus procurent une substance nutritive, salubre, abondante. Les élémens même et les différens règnes offrent aussi de nouveaux alimens. La chirurgie, déjà si avancée par les connaissances anatomiques, entre comme élément dans l'éducation physique, et chaque individu, pouvant se préserver des accidens ou se guérir, le règne des empyriques disparaît.

La perfectibilité intellectuelle marche de front avec l'amélioration physique. Dans des corps robustes, sains, bien proportionnés, dont les fonctions animales s'opèrent avec aisance, et dont les traits harmonieux offrent la force unie à la beauté, vivent et palpitent

tent des cœurs généreux, des ames élevées, facilement éprises de la vertu et s'ouvrant de même aux lumières. De la presqu'égalité des tempéramens, naît la presqu'égalité des caractères, et conséquemment la direction des passions vers l'honnête, l'horreur des crimes, l'agrandissement de la morale. Cet esprit de réforme et de restauration fait le tour du monde, et va renverser les préjugés du Groënlandais, qui se nourrit d'ossemens pulvérisés, et du Caffre qui dévore les chairs boucanées. Les chocs de la philosophie, mieux que ceux des bayonnettes, ébranlent sourdement les trônes ; la tyrannie n'est plus que le songe de l'orgueil; le sacerdoce n'est plus que le délire de la superstition. Dieu règne seul, la nature lui obéit, les hommes obéissent à la nature. Les lumières qui se propagent multiplient la population; la population à son tour multiplie les lumières. Les hommes voyent finir la tutèle du préujgé, et s'émancipent au sens commun. Le nouveau monde se proclame libre, les déserts de l'ancien se civilisent. La misère, et la stupidité qui lui doit sa naissance, sont des termes sans application. Le bonheur général pleut sur le globe, comme une bienfaisante rosée. On ne

f

se souvient plus d'avoir été asiatique ou européen , insulaire des Antilles ou habitant du Congo , marin ou magistrat , on est homme.

L'esprit humain, sans doute, est encore loin de cette perspective philosophique dont nous venons d'indiquer quelques jalons. Nous n'avons pas la témérité de penser, ni l'orgueil de dire que nous pouvons l'y conduire. On a vu notre objet ; il faut rétablir la marche simultanée de ses principales facultés. On connaît nos principes. L'amour de l'ordre et le désir du perfectionnement nous enflamment. On appréciera nos moyens. Nous voulons épurer le goût et diriger l'intelligence. La vie de l'homme est assez longue si elle a été utile , et nous n'aurons pas à regretter des années de travaux, s'ils ont avancé, d'un seul pas, la raison universelle.

Que devons-nous donc faire , et quelle sera la marche que nous suivrons ? Celle qui nous semblera la plus sûre pour ranimer l'érudition presqu'anéantie, fortifier les lettres et les arts trop affaiblis, et maintenir la philosophie. Pour raviver l'érudition et maintenir la philosophie, nous emploierons l'intelligence ; pour fortifier les arts et les lettres, nous emploierons le goût. Si l'intelligence s'obscurcit, nous tâcherons de l'éclaircir ; si le goût se corrompt, nous nous efforcerons de le conserver. Pour ramener l'une au vrai, l'autre au beau, et conséquemment tous deux au bon, nous mettrons en œuvre deux ressorts : l'étude et l'imitation de la nature, l'étude et l'imitation des modèles. Les lois du goût sont plus dans la nature, les règles de l'intelligence plus dans les modèles. Le goût imite la nature ; l'intelligence l'emploie. L'un pour mieux sentir, l'autre pour bien juger, compare ses travaux avec elle ou avec des travaux analogues.

De cette division dans nos idées, il en résulte une semblable dans notre ouvrage. La première, comme on le voit, sera consacrée à l'intelligence ; la seconde le sera au goût. Chacune d'elles se partagera en deux sous-divisions, différentes dans leurs procédés, semblables dans leur objet. L'une recueillera les préceptes, l'autre les exemples.

La première offrira des analyses, des examens, des jugemens, soit des travaux de la raison ou des résultats de la mémoire, qui sont les uns et les autres du ressort de l'intelligence; soit des produits de l'imagination qui appartiennent à l'appréciation du goût.

f 2

La seconde contiendra des morceaux inédits d'érudition, de philosophie, de poésie et de littérature.

Par *TRAVAUX DE LA RAISON*, nous entendons *la philosophie*, divisée 1°. en *métaphysique*, qui comprend la théologie ou science de Dieu, d'où dérive l'histoire des religions et de leurs abus ; la pneumatologie ou science de l'ame, qui donne naissance à la métoscopie ou art phisiognomique, et à la divination ; 2°. en *logique*, considérée comme art de penser ou du raisonnement, comme art de retenir ou art de l'écriture, de l'imprimerie, des chiffres, de l'orthographe, comme art de communiquer ou art du discours et de ses parties, la grammaire, la réthorique, la versification ; 3°. en *morale*, qui comprend la jurisprudence, ou science des devoirs de l'homme, l'œconomique ou science des devoirs de la famille, la politique ou science des devoirs de la société ; 4°. en *physique générale*, qui s'entend de tous les abstraits qui conviennent aux individus corporels, tels que le mouvement, l'étendue, le vuide, l'impénétrabilité ; 5°. en *mathématiques*, d'où procèdent l'arithmétique, la géométrie, l'algèbre, l'architecture militaire, la tactique, la mécanique ; d'où la

statique , la navigation , l'astronomie géométrique , l'optique , l'acoustique , la pneuma-
tique ; 6°. en *physique particulière* , qui comprend la zoologie, d'où l'anatomie , la phisio-
logie , la médecine, la vétérinaire ; l'hygiène,
ou science de garantir des maladies ; la patho-
logie , ou science des causes et des effets des
maladies ; la thérapeutique , qui traite de la
diette , de la chirurgie et de la pharmacie ;
l'astronomie physique , la météorologie , la
cosmologie ; la botanique , d'où l'agriculture
et le jardinage ; la minéralogie et la chymie.

Sous le titre de *RÉSULTATS DE LA MÉMOIRE,*
nous embrasserons , 1°. *l'histoire* , considérée
comme sacrée , profane , ancienne , moderne,
littéraire et naturelle ; 2°. *les arts mécaniques*
ou *métiers*, à l'article desquels nous donnerons
le titre d'*industrie*.

Sous celui de *PRODUITS DE L'IMAGINATION,*
nous comprendrons , 1°. la *poésie* et ses différens genres ; le narratif, d'où l'épopée, le roman , la nouvelle , le conte ; le dramatique,
d'où la tragédie , la comédie , l'opéra , les pas-
torales , les drames , les dialogues ; le parabo-
lique , d'où les allégories et les fables ; 2°. la
musique théorique et pratique, instrumentale

et vocale ; 3°. la *peinture* ; 4°. la *sculpture* ; 5°. l'*architecture* civile ; 6°. la *gravure*.

Par le tableau que nous venons de tracer, et qui n'est qu'une réduction de l'encyclopédie des connaissances humaines, on voit que nous n'en excluons aucunes. Toutes, en effet, appartiennent à quelques-unes, et souvent à plusieurs des nombreuses ramifications de l'entendement, dont notre ouvrage doit être en quelque façon le conservateur et les archives. Il faut pourtant bien se garder de conclure de-là qu'il est dans notre intention d'embrasser, dans chacune de nos livraisons périodiques, le cercle immense dont *nous venons d'indiquer* les points élémentaires. Un semblable projet serait aussi téméraire dans la spéculation, qu'impraticable dans l'exécution. Nous voulons seulement faire entendre qu'il n'y a, soit dans la théorie, soit dans la pratique des sciences et des arts, aucun objet que nous regardions comme étranger, et que, dans une révolution à-peu-près annuelle, nous n'espérions parcourir.

Il nous reste à exposer en peu de mots la méthode que nous avons adoptée pour la composition et la rédaction de nos Études. Notre vœu le plus cher est d'élever un monument durable au génie : nous voulons, s'il est possible, plaire à nos contemporains, et offrir encore des ressources utiles à la postérité. S'il ne nous est pas donné de reculer les limites de l'entendement de l'homme, du moins pouvons-nous, autant que nous le devons, réunir nos efforts pour le maintenir dans celles que l'intelligence lui a posées.

Notre ouvrage, envisagé sous l'aspect scientifique et littéraire, exige deux sortes de travail. L'un, utile pour établir les préceptes, est celui des analyses ; l'autre, nécessaire pour appuyer par des exemples, est celui des morceaux. Le goût et l'impartialité doivent diriger le premier ; le second a seulement besoin d'intelligence et de goût. Les analyses des ouvrages scientifiques ne doivent pas être faites dans le même genre que celles des ouvrages purement littéraires : les morceaux de littérature ne peuvent être écrits du même style que ceux de philosophie et d'érudition.

L'ordre et la clarté dans les idées, la simplicité dans les expressions, sont les caractères qu'on doit remarquer dans l'examen des ouvrages philosophiques. S'agit-il de métaphysique ou de géométrie, l'enchaînement des propositions doit être d'autant plus facile, le style d'autant plus dégagé de prétentions et d'ornemens, que la matière est plus abstraite. Il est un art de fixer les perceptions les plus fugitives, d'embellir les sujets les plus ingrats; mais il ne faut jamais blesser les convenances, et ne pas faire naître des fleurs d'un bloc de granit. Analysez-vous un traité de morale, soyez sérieux et décent : parlez-vous de l'histoire, soyez noble, concis, fort de choses, riche d'expressions, et sur-tout impartial et véridique. Ne laissez jouer votre plume, et ne prodiguez les ornemens que quand vous aurez à entretenir le public d'une brochure polémique sur une question littéraire, ou lorsque vous lui rendrez compte d'un roman nouveau, ou d'un recueil de petits vers. Si c'est un roman anglais, permis à vous d'en rire, et, si vous en avez le talent, de faire rire vos lecteurs. C'est avec la verge du ridicule qu'il faut corriger la folie du bel esprit ou le délire de l'imagination. Mais, en général, respectez l'auteur que vous examinez, songez au travail auquel il s'est condamné; mais respectez davantage encore le public, et ne vous oubliez pas vous-même. Voilà les principes généraux de critique que nous nous sommes faits, et nous promettons d'y être conséquens.

Chaque analyse commencera par rappeler l'historique des opinions qu'on propose, ou des vérités qu'on établit. Elle contiendra ensuite l'exposé de la méthode qu'a suivie l'auteur, entrera dans des détails sur les divisions de son ouvrage, citera les endroits les plus saillans, soit pour les principes, soit pour l'élocution. Si quelques-uns nous semblaient faux, ou qu'elle nous parût louche, nous éleverions nos doutes, étayés par les lois du goût et les règles de l'intelligence ; et le public éclairé prononcerait entre les pensées ou le style de l'ouvrage attaqué, et nos observations.

L'art dramatique, auquel Paris offre tant de moyens de développement, obtiendra nós plus tendres sollicitudes. Nous le considérerons sous ses rapports divers avec les auteurs, les comédiens et le public ; et en rappelant les uns et les autres à l'imitation de la belle nature et des bons modèles, nous contribuerons à rendre à la scène française la splendeur qu'elle reçut du génie de Corneille et de Molière.

C'est ici que nous devons placer une observation importante sur la division de nos Études qui traitera de la jurisprudence et de la politique. Nous avons dit plus haut que le sublime essai de fonder ces sciences sur la morale occupait et partageait les esprits. Loin de chercher à les diviser davantage, en devenant les adulateurs d'une opinion, au préjudice de la raison, nous leur offrirons les moyens de se réunir, en les rappelant aux principes généraux du pacte social. Et lorsque nous aurons à rendre compte des actes de la législation et du gouvernement, nous le ferons avec toute la franchise due à la vérité, mais sans oublier que l'autorité, quand elle *est légitime*, c'est-à-dire consentie par la volonté publique, a droit aussi à notre déférence.

A l'égard des morceaux scientifiques et littéraires que nous donnerons à la suite de nos analyses, en nous rendant difficiles sur le choix, et en assujétissant leur mélange à une agréable et instructive diversité, nous mériterons peut-être le suffrage des savans et des gens de goût. Chaque volume des Études encyclopédiques offrira un certain nombre de pièces fugitives, un conte moral, une nouvelle, une petite pièce dramatique ; quelques dissertations sur des parties de la physique, de la médecine, de la chymie ; un morceau d'histoire intéressant et bien écrit ; quelquefois la vie d'un personnage célèbre ; des anecdotes piquantes , une correspondance utile ; en un mot , ce qui, dans nos récoltes du mois , nous aura semblé mériter de devenir exemple ou modèle.

Chacune des parties de notre ouvrage sera traitée par une main différente et exercée. La plume qui nous aura enrichi d'un joli conte , d'une poésie ingénieuse , ne sera et ne peut guères être la même qui ait tracé une dissertation médicale , ou des réflexions minéralogiques , et il semble difficile que celui qui a donné l'analyse d'un traité des courbes , puisse en donner une d'un roman pastoral. Des érudits , des philosophes , des littérateurs , des artistes et des artisans , réunissent donc leurs recherches , leurs lumières , leurs productions et la théorie que la pratique leur a révélée , pour donner à ces Études tout l'intérêt dont elles sont susceptibles.

Gouvernement nouveau de la France républicaine , c'est à vous qu'il appartient de seconder nos projets. Vous avez pris , sur les rois conjurés , l'initiative de la victoire; prenez encore , vous le pouvez , prenez celui du génie. L'Europe est aux pieds de la France , et vous dictez les conditions de la paix à nos ennemis déconcertés. Seriez-vous moins grands que Louis XIV, quand vous êtes plus puissans, et les arts, qui fleurirent sous la monarchie, ne seraient-ils plus les enfans de la liberté ? Déjà la théologie, dégagée des liens du mensonge, a découvert de nouvelles régions ; un culte s'organise, qui a pour base la morale, pour objet la nature, pour maxime la tolérance ; un calcul nouveau simplifie toutes les opérations arithmétiques ; une invention sublime rapproche, comme par enchantement, les distances les plus éloignées, et donne à la victoire une voix aussi forte, que ses aîles sont rapides ; un jeune physicien, qu'un revers même eût immortalisé, pour descendre du ciel, où une découverte non moins hardie l'a fait monter, dédaigne les moyens vulgaires, et ne voit de bons que les plus périlleux ; le talent le plus laborieux, la patience la plus opiniâtre parviennent en quelque sorte à rendre aux muets l'usage artificiel de la langue, aux sourds celui de l'ouïe, aux aveugles l'instinct de la lumière ; une école polytechnique s'est formée ; un bureau de longitude a été ouvert ; des doctrines philosophiques d'histoire, de lan-

gues étrangères, d'antiquités , de dessin, de
natation , d'équitation , de mode uniforme
d'enseignement , ont été publiées et sont
professées. Si nous parcourons les arts mécaniques, nous verrons qu'ils ont également
agrandi et ennobli leur empire. La maçonnerie
sait allier l'élégance à la solidité ; la papéterie
rivalise , par la finesse de ses pâtes , avec
les tissus de soie ; quelque riche que soit la
matière de l'orfèvrerie , ce n'est plus elle seule
qui fixe les regards ; une étude profonde de la
dioptrique est parvenue à conserver ou à
rendre aux yeux de tous les âges , la force
et la limpidité de l'organe visuel ; dans les
chefs-d'œuvre que la porcelainerie nous présente , on ne sait ce qu'il faut plus admirer,
de la beauté de la forme et de la matière,
de la richesse des ornemens , de la vérité
des dessins et de la vivacité des couleurs ;
l'art du décorateur s'est élevé des moyens
serviles et mécaniques , aux élans du génie ;
et un artiste ingénieux a trouvé le secret de
fixer avec quelques signes, la vélocité du
geste et du langage.

Voilà quelques-uns des miracles opérés sous
vos yeux et par vos soins , magistrats suprêmes
de la première puissance de l'Europe. Vous êtes

libres d'en faire naître de plus grands. Com-
mandez ; le génie, porté sur ses aîles de feu,
va planer sur la France ! L'histoire saisira ses
pinceaux, la muse de l'épopée sa trompette,
toutes les poétiques divinités les instrumens de
leur céleste concert : tandis que la philosophie,
au front majestueux et doux, à la démarche
noble et au sourire attrayant, pressant entre
ses bras notre jeune République, la couron-
nera des lauriers de la gloire et des roses du
bonheur.

De l'imprimerie de J. GRATIOT et Compagnie, cul-
de-sac Pecquay, rue des Blancs-Manteaux.